ALMAS DE ALAMBRE

EL SÓRDIDO Y PELIGROSO MUNDO DE LOS COMPLEJOS Y EL CAMINO DE SALIDA HACIA EL AMOR PROPIO

JOSÉ LUIS NAVAJO

Agradecemos a las estudiantes de noveno grado del Colegio Calasánz Femenino de Bogotá, Colombia, sus comentarios y aportaciones que contribuyeron a definir el diseño de la cubierta de este libro.

Las cursivas y negritas en el texto son énfasis del autor.

Editado por: Ofelia Pérez

Almas de alambre
El sórdido y peligroso mundo de los complejos
y el camino de salida hacia el amor propio

ISBN: 978-1-64123-542-6
eBook ISBN: 978-1-64123-543-3
Impreso en los Estados Unidos de América

Whitaker House
1030 Hunt Valley Circle
New Kensington, PA 15068
www.whitakerhouse.com

Por favor, envíe sugerencias sobre este libro a: comentarios@whitakerhouse.com.

3 4 5 6 7 8 9 10 11 ꟽ 27 26 25 24 23 22 21 20

Dedicado a

quienes han perdido la sonrisa,
pero luchan por recuperarla.
No dejes de buscar la luz entre los pliegues de las sombras.
Amanecerá por fin y volverás a reír.

—¡Qué puntazo! –Alex estaba alucinado con el uniforme, el casco protector y el disparador de pintura–. ¡Una auténtica guerra! –gritó, agitando el arma sobre su cabeza.

Aquel circuito de *paintball* donde decidieron acudir para celebrar el fin de curso superaba sus expectativas.

–Ha sido una idea genial organizar un combate de bolas de pintura para soltar todo el estrés y el mal rollo acumulados durante los exámenes finales del instituto –dijo emocionado, como si hablase con alguien.

Se apoyó en la ventana de la casa en ruinas donde se había escondido y oteó el horizonte buscando víctimas. No parecía haber un alma en aquel lugar, pero él sabía que nueve colegas suyos estaban estratégicamente escondidos, y diez enemigos merodearían, ocultos, en aquel enorme paraje.

–En cualquier momento alguno asomará la cabeza –continuó hablando solo–, y entonces ¡PAAM!

Solo se trataba de disparar bolas de pintura, pero Alex se sentía como si estuviera en el fuego cruzado de Irak. Su pulso estaba muy acelerado y sudaba copiosamente a causa de la emoción.

Apenas llevaba un minuto atisbando el exterior cuando escuchó un ruido a sus espaldas.

El sobresalto le provocó un vuelco en el estómago.

Juraría que había oído pisadas.

– ¿Eh? ¿Quién anda ahí? –dijo, girándose de golpe y buscando la protección de un montón de escombros.

Nadie.

No había nadie a la vista y todo estaba en silencio. El sonido del viento en las copas de los árboles era la única interferencia, pero el corazón de Alex se había puesto a cien; casi podía escuchar los latidos.

Lentamente volvió a la ventana y sacó un poco más la cabeza, buscando vida en el exterior.

– ¿Dónde estarán mis colegas? ¡Qué mal rollo, maldita sea! No se ve un alma. Ni que se los hubiera tragado la tierra... Tranquilo, Alex –se dijo, respirando profundamente–, no te rayes tan pronto –pero no podía sacudirse la sensación de peligro–. ¿Eh?

Ahora no le quedó ninguna duda. Algo se había movido a sus espaldas.

– ¿Quién está ahí? –gritó, girándose.

Vio una sombra... una enorme sombra con forma humana.

Alguien estaba escondido detrás del muro semidestruido. Quien fuera que estuviera allí, no se había dado cuenta de que tenía el sol de espaldas y su sombra le delataba, cayendo en el centro de la escena.

Pero... esa sombra era gigantesca. O el sol deformaba mucho la realidad o allí detrás había un elefante.

Se aferró con todas sus fuerzas al disparador de bolas de pintura y se movió con sigilo.

– ¡Tío, te he pillado! –gritó–. ¡Da la cara si eres hombre!

Era hombre y dio la cara.

Salió de detrás del muro y quedó frente a él, a unos seis metros de distancia, apuntándole con su arma.

Pero, ¿quién era ese tipo? Su uniforme marrón no coincidía ni con su equipo ni con el contrario. Además, ninguno de sus colegas era tan gordo como aquel individuo. ¡Parecía un dinosaurio!

–Tío –dijo, sonriendo nerviosamente e intentando controlar el miedo–, vaya susto me has dado.

Aquel tipo no se movió ni un milímetro, ni siquiera parecía respirar. Seguía encañonándole y su pulso no temblaba en lo más mínimo.

– ¿Quién eres, tío? –algo le decía que las cosas no iban bien–. No me suena tu uniforme.

Silencio absoluto.

A Alex le pareció ver una siniestra sonrisa bajo las enormes gafas protectoras que cubrían la cara de aquel elefante humano. Mil alarmas se dispararon en su mente e intentó agacharse tras los escombros… Demasiado tarde… la detonación ya había sonado.

Sintió una aguda punzada en el brazo, justo entre la mano y el codo, como si un clavo muy grueso hubiera penetrado abriendo su carne y destrozando músculos y tendones. Miró el lugar donde había recibido el impacto y no vio marca de pintura, solo un orificio en su antebrazo.

Mantuvo los ojos fijos en la herida que le ardía. El dolor era tan espantoso que a duras penas lograba mantenerse en pie.

Para cuando comprendió que el líquido viscoso que brotaba de su brazo no era pintura, sino sangre, ya era tarde. La segunda detonación le advirtió de lo que venía.

De nuevo notó que algo grueso se hincaba, esta vez en su pecho.

Supo de repente que aquello no era un juego. Su cuerpo estaba siendo perforado por munición real.

Le pareció que anochecía de golpe. ¿Había vivido antes algo así, o lo recordaba de alguna de las películas policíacas que había visto?

Apenas sintió cuando su cabeza golpeó contra los ladrillos que se amontonaban en el suelo.

Todo se apagaba a su alrededor mientras se descubrió pensando: "¿Por qué me habrán descubierto tan pronto?".

La gigantesca sombra se deslizó fuera de la casa con la misma agilidad con la que había entrado.

Bajo la máscara transparente que cubría su rostro, había una sonrisa escalofriante. Era el placer de sentir que en su mano estaba el poder de la vida y de la muerte.

– ¿Quién ha dicho que Dios está en el cielo? –rió con una carcajada estridente–. Dios está también en la tierra. ¡Yo soy Dios!

Aquella risa habría erizado el vello a cualquiera.

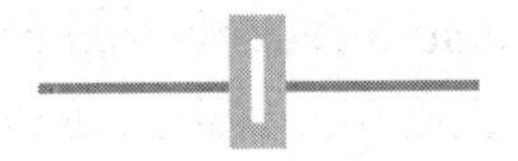

Vayamos al principio...

El sonido del timbre interrumpió la aburrida charla del profesor de historia e hizo que todos saltaran de sus pupitres.

Bueno, no exactamente todos.

Al escucharlo, Dick se encogió en su silla, acobardado, y apretó el lapicero con tal fuerza que sus nudillos se pusieron blancos.

Aquel chirrido estridente anunciaba el tiempo de recreo, por lo que enseguida los pasillos se llenaron de voces y risas mientras un montón de chavales se precipitaban al patio, dispuestos a disfrutar de una libertad vigilada durante los próximos veinte minutos.

Era el momento preferido para todos.

Para todos menos para él.

Dick aborrecía ese sonido que anunciaba un paréntesis en la jornada escolar.

Lo odiaba con toda su alma porque lo temía con todas sus fuerzas.

Para él no suponía un tiempo de descanso, sino de tortura. Lo sabía perfectamente porque lo vivía cada día.

Aquel niño de diez años, algo más bajo que el resto y mucho más gordo de lo normal, con su pelo muy negro y encrespado, se dirigió al patio de la escuela con pasos lentos, como quien camina hacia el patíbulo. Su respiración era fatigada y los rizos estaban pegados a su frente, permanentemente sudorosa.

Una vez fuera cruzó entre el griterío, sorteando a los que corrían jugando al escondite o al pilla-pilla. Se movió lo más rápido que pudo hasta alcanzar el árbol de siempre y se sentó a su sombra.

Muy pronto se vio rodeado por un grupo de diez compañeros.

No los veía porque tenía la cabeza agachada, pero sabía que eran los de siempre, solo que hoy habían llegado un poco antes.

Con sus ojos entornados, fijos en la tierra, notó que las mejillas le ardían, mientras su piel segregaba una dosis extra de sudor.

Los recién llegados se aproximaron un poco más.

– ¿Qué tal estás, gordo? –le increparon mientras formaban un círculo a su alrededor–. ¿Me estás ignorando? –con la punta de su pie golpeó la espalda de Dick. Lo hizo débilmente. Solo fue una presión con la puntera de su zapato a la altura de la última costilla, pero el niño se encogió en el suelo. Estaba aterrorizado–. ¿Es que no me has oído? Te he preguntado que cómo estás.

–Debe ser que la grasa se le acumula también en las orejas y no le deja oír –lo dijo la única chica del grupo. Todos rieron la ocurrencia de su compañera.

– ¡Dale más fuerte, Alex! –se aproximaron un poco más a Dick, e hincaron sus pies en su flácida carne.

– ¡Eh, tío, mira cómo se le mueven las lorzas[1] de grasa! –se doblaban de la risa mientras tentaban la carne con los zapatos–. ¡Tronco, si parece gelatina!

– ¿Qué pasa ahí? –un profesor se acercaba y los chicos abrieron el círculo.

Dick aprovechó para escapar del encierro.

Rojo, a causa de la vergüenza, el miedo y por el esfuerzo que suponía mover a la carrera sus setenta kilos, se ocultó en un rincón del patio, cobijado tras varios árboles.

---

1. pliegues

Allí se quedó, respirando con enorme dificultad y sintiendo como el sudor le escurría por todo el cuerpo.

– ¡M...! –gritó con todas sus fuerzas–. ¿Por qué no puedo morirme?

En sus mejillas, casi moradas, se mezclaron sudor y lágrimas mientras golpeaba el suelo con sus puños.

– ¿Por qué no puedo morirme? –volvió a gritar arrojando al aire puñados de arena– ¡M..., m..., m...!

Cuando hubo desahogado parte de su pánico y de su ira, comenzó a rezar para que sonara cuanto antes la señal que indicaba el final del recreo.

El final de su tortura.

–Hágase tu voluntad así en la tierra como en el cielo... –su mente le traicionó en la siguiente frase–: la burla nuestra de cada día...

Y es que sabía que aunque hoy sonara el timbre anunciando su libertad, al día siguiente se repetiría lo mismo: el gordo Dick volvería a ser objeto de golpes y burlas.

Alex, su torturador, nunca se cansaría de hacerle daño.

2

Alex llegó a casa lo más tarde que pudo, como siempre.

Mantenerse como líder del grupo requería dar ejemplo. Si pretendía que le respetaran, no podía subirse a casa con los Lunnis[2].

2. Nota del autor: programa infantil que se emite en España y cuyo final, a una hora temprana de la noche, anuncia el momento recomendado para acostar a los niños.

Hoy se notaba raro. Toda la tarde estuvo dándole vueltas a lo que había sentido la última vez que enterró su pie en la espalda del gordo.

Al ver retorcerse a quien él consideraba una escoria, tuvo una sensación extraña, mezcla de placer y desconcierto.

– ¿Me habré pasado?, –pensó.

La verdad es que le había dado más fuerte que otras veces, pero también eso era parte del tributo por seguir siendo el jefe. Un líder tenía que superarse cada día. Además, Dick se lo merecía, era un débil, y a los débiles había que enseñarles, aunque fuera a base de golpes.

Ahora él y su madre estaban terminando de cenar.

Todo el tiempo la televisión estuvo puesta, pero Marta no la miró en ningún momento. A cada rato consultaba el reloj y luego miraba con temor la puerta de la calle.

Alex sabía que su madre temblaba cuando su marido se retrasaba. Él, sin embargo, suplicaba interiormente para que esa bestia no llegase.

No tragaba a su padrastro y sabía que el sentimiento era mutuo. Podía perdonar a aquel animal no ser su padre. Bernardo no tenía la culpa de que quien lo fue de verdad se hubiera marchado, dejando el puesto vacante.

Lo que no podía disculparle era que se gastara en beber el dinero que ellos necesitaban para comer. Y no podía perdonarle, sobre todo, que después de intoxicar su sangre y vaciar sus bolsillos, llegase a casa dispuesto a descargar sobre ellos la frustración que arrastraba.

Solo tenía once años, pero sabía perfectamente quién era Bernardo: un paria que había convertido su vida en basura y ahora en casa se desquitaba a golpes con los que menos culpa tenían.

Alex suspiró complacido. Se había terminado su pizza precocinada.

—Al menos cené en paz —pensó—, ahora a la cama, y con un poco de suerte hoy no le veo.

Su madre seguía alternando su atención entre el reloj y la entrada. Cada minuto de retraso representaba más copas, menos dinero y menos cordura que entraría al hogar.

El ruido metálico en la cerradura hizo que la pizza se revolviera en el estómago de Alex. Marta, sin embargo, suspiró con una mezcla de miedo y alivio.

Después de varios intentos la llave entró y se abrió la puerta.

—Hola Bern —Marta le sonrió tímidamente—. ¿Qué tal te fue el día?

— ¿Qué tal me fue el día? —las palabras se enganchaban entre los vapores del alcohol—. ¿Quieres saber de verdad cómo me fue el día?

—Anda, siéntate, que te sirvo la cena —su voz era temblorosa.

— ¡Me importa un pimiento la cena!

Pánico, eso era lo que sentía cuando su marido levantaba así la voz.

Intentó entablar una conversación:

— ¿Qué es ese papel que traes en la mano?

— ¿Quieres saberlo? —abanicó la cara de Marta con la hoja desplegada—. Esto es el recibo del teléfono. El recibo del teléfono que sube a ciento cincuenta euros, por obra y gracia de tu hijo.

—No es el único que lo usa —Marta tenía en mente las horas que su marido pasaba en la Internet consumiendo basura repugnante. Basura y también dinero.

— ¿Dónde está ese zángano? —no soportaba que ella se pusiera del lado de Alex—. ¿Dónde estás, vago redomado?

Estaba en el baño y oyó el tumulto justo a tiempo de echar el cerrojo y protegerse.

– ¡Estoy matándome trabajando para criar a un inútil como tú! –por los golpes que su padrastro daba en la puerta, Alex imaginó a una mula dando coces–. ¡Abre ahora mismo y mira esta factura!

Abrir era exponerse a los golpes. Mantener la puerta cerrada era empujar a aquel animal a que buscara su víctima en la cocina.

Abrió y le plantó cara.

Enseguida Bernardo le plantó la mano.

Poco después, cobijado entre las sábanas, Alex intentaba aliviar con la presión de su mano el escozor de la espalda.

–Es una maldita alimaña –la furia hacía que le rechinaran los dientes–. Un gordo, enano y borracho. Metro y medio de altura y ciento veinte kilos de inmundicia. Igual que Dick –en la mente de Alex se dibujó la imagen de aquel desecho sudoroso que en el colegio le recordaba cada día a su padrastro–. Dick, maldito seas, mañana tendrás ración doble.

Elena observaba, totalmente consternada, cómo su marido se aferraba al pomo de la puerta sosteniendo en la otra mano una maleta.

–No lo hagas, Pedro –suplicaba–. No te vayas, por favor.

–Elena, lo nuestro terminó hace mucho tiempo –su voz no titubeaba lo más mínimo. Ni siquiera mostraba emociones–. Ha sido un error prolongarlo, solo hemos conseguido hacernos más daño el uno al otro.

–Pero, ¿y Dick? Solo tiene diez años –la voz de ella sí mostraba emociones: dolor y tristeza en dosis gigantescas–. ¿Qué va a ser de nuestro hijo?

– ¿Dick? –estuvo a punto de reírse–. Dick fue otro error... nuestro gran error –matizó, sin abandonar el sarcasmo–. Un error de setenta kilos y casi un metro de diámetro.

Las últimas palabras las ilustró dejando su maleta en el suelo y formando un enorme círculo con ambos brazos. Pretendió que sonara a broma, pero Elena lo recibió como un puñal en sus entrañas.

– ¿Cómo puedes hablar así de tu hijo? –era pura ira lo que ahora impregnaba las palabras–. ¿De qué tienes hecha el alma?

Pedro chasqueó su lengua con fastidio y dio una patada a la maleta. Luego se aproximó mucho a Marta, hablándole directamente a los ojos.

– ¿Acaso no te has dado cuenta que desde que él llegó tú y yo nos hemos separado más?

– ¡Tú! –Elena no admitió la acusación. Le apuntó con el índice a la cara–. ¡Tú te has separado más! Eres tú quien busca mil excusas para estar lejos de casa, y especialmente lejos de él.

– ¡Dick fue un error! –lo gritó–. Y nunca me ha gustado recrearme mirando mis fallos.

Elena se acercó a la puerta. Fue ella quien ahora la abrió de par en par.

–Márchate de aquí –marcó cada sílaba con ira mientras señalaba a la calle. Ni siquiera le miró a la cara–. No quiero volver a verte. Dick y yo saldremos adelante.

Desde su observatorio en la rendija de su dormitorio, Dick observó cómo la puerta de la calle se cerraba, dejando a su padre fuera para siempre.

Lo vio todo y también lo escuchó.

Herido en lo más profundo, se sentó en el suelo. Cada palabra había sido un disparo a su corazón.

Ocultó el rostro en las manos y pensó.

Enseguida apoyó la cara en sus rodillas y lloró. Una mancha húmeda, mezcla de sudor y lágrimas, se extendió por el pantalón gris del uniforme escolar. Más abajo también se hizo presente la humedad, encharcando incluso el suelo. Siempre que el pánico le atenazaba era incapaz de controlarse.

Le caía bien.

Dick sabía distinguir las fuentes de cariño, y don Cosme era una de ellas.

Ese profe que les enseñaba todos los domingos era el prototipo de abuelito entrañable que sabe ganarse a los niños.

–Don Cosme es un viejo que no huele a viejo –dijo Vicky, una de las niñas que asistían a esa escuela.

–Es verdad –ratificó Dick–. Don Cosme no huele a viejo, sino a limpio, y también huele a cariño –no sabía muy bien lo que eso significaba, pero estaba seguro de que era bueno, como don Cosme.

– ¿Qué huele a cariño? –Lucy, la más pequeña del grupo, se puso un dedo en la sien e hizo un movimiento giratorio-. ¿Estás loco? El cariño no huele...

–Sí huele, lista –Vicky había salido en defensa de Dick–. El cariño huele muy parecido al turrón de la Navidad.

Ahora Lucy se puso un dedo sobre cada lado de su cabeza y los hizo girar.

–De remate –suspiró–. Estáis locos de remate... como se entere don Cosme de que decís que huele a turrón...

–Y a colonia. Huele a cariño, a turrón y a colonia –sentenció Bruno, el más travieso de la clase, pero que también lo quería.

Dick miró a don Cosme mientras este les enseñaba. Aquel profesor nunca le llamaría gordo, desde luego que no. Lo trataba con la misma consideración que a los demás, incluso con más. Siempre le sonreía, y a veces le revolvía su ensortijado cabello con las manos, sin importarle que sus dedos terminaran impregnados con el sudor que constantemente destilaba su frente.

–Ama a tu prójimo como a ti mismo –repitió Cosme una vez más–. Quiero que lo aprendáis de memoria. Os será muy útil durante toda la vida.

Todos los niños lo recitaron en voz alta.

– ¡Perfecto! –Estaba muy satisfecho– Ahora responded a una pregunta: ¿Sabéis quien es nuestro prójimo?

Ninguno se atrevió a responder.

–El prójimo –aclaró el profesor–, son las personas que nos rodean. Vuestros compañeros del colegio, vuestros padres...

Dick se quedó petrificado.

Una bomba nuclear no le habría causado tanto impacto. Don Cosme decía que había que amar al prójimo y a continuación añadía que nuestro prójimo es el compañero de colegio... y también los padres.

La imagen del miserable Alex surgió arrastrándose del rincón oscuro de su memoria, y junto a él todos sus secuaces. Vio punteras de zapato que se hincaban en su espalda. Ojos entornados por el odio y la burla, y bocas que vomitaban insultos. Casi sintió la viscosa humedad de los salivazos... De Alex saltó a Pedro, el individuo que les había abandonado a él y a su madre. Se negó a pensar en él como su padre, pero las últimas palabras de aquel canalla seguían grabadas en su mente:

"Un error gordísimo... ¿Cómo no iba a separarnos si tiene casi un metro de diámetro?". Pedro formó un círculo con sus brazos y se rió, su madre lloró, y Dick notó que bajo la corteza de carne y grasa que envolvía su corazón, este se rompía.

–Ama a tu prójimo como a ti mismo –insistió don Cosme–. ¿Podemos repetirlo una vez más?

Todas las voces se unieron, como en una coral.

Todas menos una.

Dick mantuvo su boca cerrada y bajo sus abultados mofletes[3] se hizo evidente la tensión de las mandíbulas.

Fue la primera vez que aquel rostro regordete, siempre tímido y casi angelical, se desfiguraba en un gesto de amargura que infundía miedo.

Ocho años después

–¡Va a ser flipante![4] –exclamó Alex, lanzando un puñetazo al brazo de Hugo–. ¡Trece mil hectáreas, mogollón[5] de sitios para esconderse y cien disparos para cada uno!

---

3. Mejillas
4. De descontrolarse; demasiado asombroso
5. Gran cantidad

–Y cuarenta euros por cabeza –gruñó Javián–. Estáis locos, tíos. Las he pasado moradas para sacar a mis viejos los cuarenta pavos.[6] ¿Por qué os han dado estos aires de grandeza? ¿No podíamos haber ido al cine como otros sábados?

–Tío, no seas tonto –Hugo no solo era un friki[7] que rendía culto a los superhéroes del cine y coleccionaba sus camisetas; también era un apasionado de los juegos de aventura-. ¿No queríamos que este verano fuera diferente? Pues ya está, un circuito de *paintball* es lo mejor.

– ¡Claro que sí! –ratificó Alex, el gran defensor de la idea–. Además, ya convencí a varios colegas del insti para que vayan. Será un auténtico combate: doce contra doce.

– ¿Tantos? –preguntó Ana, a quien no le salían las cuentas.

–Sí, tía, es que hice una promoción alucinante –Alex no perdía ocasión de apuntarse un tanto–. Hasta los profes querían venir.

–Eso sí que no –replicó Javián–. Yo no me gasto una pasta para que me den la brasa: "Chicos, no disparéis tan cerca que os haréis daño" –aflautó la voz, imitando a Sonia, la profesora de matemáticas.

– ¿Vendrán Naty y Beth? –preguntó Alex retirando con su mano el largo cabello que le tapaba media cara–. Últimamente están muy raras.

–Tú también lo estarías si tus padres hubieran muerto hace un año –a Ana le ofendía que se dudara de Naty, su mejor amiga–. Hay que tener paciencia con ellas, lo están pasando muy mal.

–Tienes razón –Alex asintió, aceptando la reprimenda.

---

6. Expresión para referirse al dinero
7. Excéntrico

–Vendrán, seguro –Hugo no tenía la menor duda–. Va a ser un día flipante. Lo pasaremos genial.

–Espero que tengas razón –Ana no estaba segura de que fuera a gustarle eso de disparar bolas de pintura, pero de lo que no tenía ninguna duda era de que estaba colada[8] por Alex. Con tal de estar a su lado iría a la cima del Himalaya en pleno invierno. Otra cosa sería sacar cuarenta euros a sus padres. Ese lunes les había pedido doce para una camiseta de Berska y recibió un bufido. Pero tendría que hacer un esfuerzo. Por nada del mundo dejaría que Alex se divirtiera lejos de ella. En cualquier momento podría meterse otra en medio y levantarle el chico.

Aunque era consciente de no ser guapa, Ana sabía que tampoco era fea. Un metro y sesenta y cinco centímetros, ni alta ni baja. Del montón, pero resultona.[9] Cuidaba su pelo como oro en paño. La melena rubia, que casi le llegaba a la cintura, era su mejor baza.[10] Por lo demás, intentaba vestir moderna sin parecer pija.[11] Era capaz de echar toda una tarde para encontrar una camiseta que le favoreciera, pero cuando la encontraba se la compraba.

– ¡Tía, que te está sonando el móvil!

La voz de Javián la trajo al presente. Ana echó mano de su teléfono y vio en la pantalla la foto de su amiga.

–Es Natalia. Hablando del rey de Roma... Seguro que llama para decirnos que se apunta a disparar bolas de pintura. ¡Hola, Naty! ¿Qué tal? –tras escuchar un momento, arrugó el gesto mientras palidecía–. ¿Qué...?

Todos la rodearon, intuyendo algo grave.

---

8. Muy enamorada.
9. Que gusta por su aspecto agradable.
10. Ventaja.
11. Adinerada.

Ana colgó y se mantuvo muda, con los ojos fijos en la pantalla de su móvil.

– ¿Qué pasa, Ana? –Hugo la zarandeó levemente–. ¿Tía, qué te ha dicho Naty?

–Está en el hospital –su rostro estaba blanco como la cera–. Su hermana Beth... algo gordo le ha pasado.

—¡Lo tengo! –exclamó Dick hablando solo.

Mientras leía con atención, introdujo los dedos de su mano derecha en su melena rizada, deshaciendo nerviosamente los nudos que se formaban entre sus largos tirabuzones.

Circuito de Paint Ball, Denver 13. Situado en el kilómetro 13 de la comarcal 113. Libérate de tu estrés en una enorme extensión de trece mil hectáreas.

Apartó la mirada del monitor de veinticinco pulgadas y siguió tecleando compulsivamente en busca de datos. Mientras lo hacía, en su rostro, redondo y rojo por la emoción, lucía una extraña mueca que intentaba ser una sonrisa. La pantalla lanzaba destellos, haciendo brillar las gotas de sudor que empapaban su cara.

Unas anotaciones más sobre el papel cuadriculado y se acodó en la mesa con gesto pensativo.

–El día de la acción será en julio, el trece, por supuesto –reflexionaba a viva voz, como si tuviera un interlocutor–. Parece mentira lo fácil que es acceder a los datos más reservados. Confirmaré que siguen inscritos –unos toques más en el teclado y con los ojos fijos en la pantalla leyó y releyó, hasta que casi gritó– ¡Bingo! ¡Mi número está por todos lados! El trece de julio, a las trece horas, aquí están. Veamos... Hugo Contreras, Ana María López, Alejandro Díaz –solo leer ese nombre hizo que su estómago segregara ácidos y la boca le supiera a bilis. ¡Alex, maldito seas! Siguió leyendo mientras se mesaba la barbilla–. ¿Será posible? ¡Es perfecto! ¡Son dos grupos de doce! No puedo romper la cadena mágica de numeración. Tendré que acudir. ¡Yo seré el número trece! –miró el calendario sintiendo que la ansiedad casi le impedía respirar–. Solo dos días... cuarenta y ocho horas más e iniciaré mi magistral interpretación. Ahora me toca reír a mí –y soltó una siniestra carcajada–. ¡Llegó mi hora!

Se levantó lentamente de la silla protegiendo su rodilla derecha. Cada vez le dolía más. El cartílago de la articulación casi había dicho basta a la sobrecarga a la que le tenía sometido.

Aproximándose a la mesa tomó un artilugio metálico, parecido a una ametralladora. Lo observó con orgullo y tomó asiento en el sillón de cuero negro que había en un extremo de su habitación.

–No está bien que yo lo diga, pero hice un magnífico trabajo –cerró sus ojos con deleite mientras acariciaba la superficie y se recreaba con sus dedos en los cantos del arma–. Hoy dispara balas de calibre veintidós con la misma precisión con la que hace poco escupía bolas de pintura. Pero eso solo lo sé yo –rió con ganas mientras se dejaba caer hacia atrás en el sillón–. Algo es seguro: el próximo trece de julio aumentará el número de supersticiosos.

Volvió al ordenador y tecleó en Google: "Visita virtual al Circuito de Paintball Denver 13".

– ¡Guau!, ¡menudo terrenito! –sus pupilas respondían con brillos al reflejo del monitor, mientras sus dedos volvían a enredarse en su largo cabello rizado–. La ambientación es perfecta:

casas en ruinas, camiones y coches destrozados... No falta de nada. Pero predominan la tierra y los árboles. Está claro –decidió mientras se acercaba a su armario–, usaré el uniforme marrón. Debo camuflarme bien. El número trece verá sin ser visto.

Reflexionó acariciándose la barbilla y mirando al techo.

–No me verán, pero me sentirán. Sí –sentenció–, sentirán mucho mi presencia.

Volvió a liberar aquel siniestro ruido gutural que pretendía ser risa.

Elena le había llamado ya tres veces para que bajara a comer. La última se llevó un gruñido por respuesta: – ¡Te he dicho que ya voy!

No sabía qué hacer ni cómo tratarle.

–Pobre Dick –suspiró mientras veía como el guiso de carne se enfriaba sobre la mesa.

Dick acababa de cumplir dieciocho años. A esa edad lo normal es estar de lleno en la adolescencia, pero él nunca fue adolescente. De hecho, ni siquiera fue niño. Su circunstancia personal le hizo madurar a marchas forzadas.

Tenía un problema que le amargaba la vida: era obeso. Su índice de masa corporal nunca bajó del treinta y tres por ciento. Bastante lejos del veintidós que recomienda la Organización Mundial de la Salud, y a años luz del dieciocho que se estila en el mundo de la moda.

Elena tomó una foto del mueble del salón y sonrió con tristeza. Era Dick vestido de payaso, se la hicieron seis años atrás. De pequeño era todo un cómico; pero no por vocación, sino que en un desesperado intento por ganar amigos convirtió su obesidad en un disfraz, y su cuerpo, deforme por la grasa, en un estrado desde el cual hacer reír. Pero le salió mal la jugada; lejos de ganar amigos solo obtuvo un grupo de crueles espectadores que reían con sus gracias, pero luego le mortificaban con sus burlas más mordaces.

"¡Dick no es gordo, Dick es obeso, se come un elefante y aumenta de peso!". Los niños del barrio iban tras él, coreando esta canción, y Dick corría todo lo que le permitían sus cortas piernas.

Cuando no podía correr más –que era muy pronto–, se sentaba en el suelo casi asfixiado por el esfuerzo. Entonces los crueles chiquillos le rodeaban sin dejar de cantar. Él les miraba con su cara enrojecida y sudorosa, mientras su pelo, negro, corto y ensortijado, se le pegaba a la frente.

Las manos de Elena presionaron con rabia la foto.

Regresó del hiriente recuerdo cuando escuchó que se abría la puerta de arriba y unos pasos que casi hacían temblar las paredes descendían por la escalera. Ni la rodilla, que tenía hecha fosfatina,[12] le impedía pisar como un elefante.

– ¡Venga, ya estoy aquí! –se desplomó sobre la silla haciendo crujir la madera–. ¿Dónde está esa comida?

Mientras Dick se inclinaba exageradamente sobre el plato y comía con ansia, Elena se limpió la lágrima furtiva que se empeñaba en resbalar por su rostro.

12. Se dice de algo destrozado.

Natalia cambió de posición en la incómoda silla.

¡Toda la noche en la maldita sala de espera de aquel hospital!

Manoseaba con nervios la vieja libreta de hojas cuadriculadas en la que estuvo escribiendo durante horas, y que ahora sostenía entre sus dedos empapados en sudor. Un sudor frío, provocado por el miedo que la atenazaba.

Cerró sus ojos y echó la cabeza hacia atrás, apoyándola en la pared. Estuvo así unos minutos, o tal vez fueron horas, hasta que un ruido de pasos la despertó. Frente a ella, a tres metros de distancia se habían parado sus amigos.

Hugo, Alex y Javián la miraron sin saber qué decir, y en cuanto los ojos de ella les enfocaron, apartaron la vista con nerviosismo. Ana, sin embargo, corrió a su encuentro y la abrazó. Entonces Natalia lloró por fin.

Desde que un año atrás los padres de Naty murieron en un accidente de tráfico, las dos se habían unido mucho. Aunque Naty tenía diecinueve años y Ana solo diecisiete, eran como hermanas.

El trágico accidente hizo que Naty madurara mucho, obligándola a convertirse en una madre para su hermana Beth.

Los chicos se aproximaron, aunque sin lograr sacudirse la aprehensión que les bloqueaba. Su lugar era el parque o la plaza del barrio. Allí acampaban a sus anchas, pero en la sala de espera de un hospital no sabían defenderse; aquel ambiente les paralizaba.

Hugo miró su camiseta verde con la imagen impresa de Homero Simpson y se sintió incómodo. La camiseta molaba,[13] pero no parecía apropiada para la ocasión.

Alex no se sentía mejor. Jugaba nervioso con su melena de color castaño que le llegaba al hombro, tomando un mechón de cabello y enredándolo en su dedo índice.

Por su parte, Javián, que con su metro ochenta era el más alto del grupo, y también el más delgado, mantenía las dos manos en los bolsillos de sus anchísimos vaqueros. Era el que aparentaba más tranquilidad, pero la procesión iba por dentro.

Todos estaban bloqueados.

Solo supieron hacerse presente apoyando sus manos con timidez sobre el hombro de su amiga, que aún seguía abrazada a Ana.

Poco a poco el llanto convulsivo fue cediendo su lugar a un leve sollozo, entonces Ana se atrevió a preguntarle:

– ¿Qué ha pasado, Naty?

La chica intentó responder.

Retirándose las lágrimas con el dorso de su mano, hizo un esfuerzo por recomponerse, pero fue en vano, las palabras se negaban a salir. Finalmente les extendió la vieja libreta de hojas cuadriculadas.

Ana la tomó y todos entendieron que allí iba la respuesta.

Elena se mantuvo sentada frente a su hijo mientras este devoraba la comida. No podía evitar sentir un poco de asco al verle

13. Gustaba.

deglutir de aquella manera, empapando enormes pedazos de pan en el caldo del guiso y empujándolos luego al interior de su boca. De vez en cuando tenía que apartar la vista con repugnancia, pero sabía que intentar reconvenirle para que fuera un poco más delicado era totalmente inútil.

Inútil y seguramente peligroso.

Sentía pánico de los arranques de ira que el chico sufría cada vez que alguien pretendía corregirle.

Dick zambulló el último pedazo de pan, restregando toda la superficie del plato hasta hacerlo brillar, y después de engullirlo empujó el plato vacío hacia el centro de la mesa, recostándose satisfecho en la silla y sacudiendo la cabeza para retirar los cabellos que se habían pegado a la grasa de la comisura de sus labios.

Elena se sorprendió gratamente al ver que Dick sonreía.

– ¿Te ha gustado la comida? –se atrevió a preguntarle al verle hoy casi simpático.

–Se dejaba comer –fue todo su halago. Pero era mucho para su costumbre.

¿Cuándo fue la última vez que había visto un gesto tan agradable en el rostro de su hijo? Ya ni lo recordaba.

Mientras su madre se encaminaba a la cocina con la olla vacía y la vajilla sucia, Dick cambió la silla por el sillón, donde se dejó caer, haciendo crujir todos los hierros y maderas del castigado mueble.

Su mente le trasladó al próximo sábado, 13 de julio. Solo faltaban dos días para que su plan fuera ejecutado.

Al calcularlo rió de placer y la carcajada alcanzó a Elena que, en la cocina, sostenía entre sus manos enguantadas el plato cubierto de jabón. La risa de su hijo hizo que se detuviera complacida.

– ¡Qué gusto da oírle reír! –su rostro se iluminó–. ¿Qué mosca le habrá picado? Seguro que se ha enamorado –pero rápido tembló ante aquella posibilidad. Dick no debía enamorarse. Era casi imposible que alguien le correspondiera. ¿Quién iba a querer estar con un muchacho que pesaba ciento diez kilos y que era más ancho que alto?

Frotó los platos con rabia. ¡Qué injustos habían sido todos con su hijo! Muchos le culpaban de un pecado de gula, pero la comida no tenía nada que ver con su escandalosa obesidad... al menos no al principio, sin embargo, muy pocos tenían eso en cuenta.

Casi todos desconocían los enormes esfuerzos que Dick hizo para perder algunos kilos. Pocos sabían el hambre que pasó y lo cerca que estuvo de caer enfermo por negarse a comer. Y de sus frecuentes bajones de ánimo, y de su negativa a seguir viviendo... y de sus intentos de suicidio, muy pocos conocían.

Ni tenían idea de aquel día en que...

Elena se detuvo.

Dejó de fregar y se recostó sobre la encimera de la cocina. El solo recuerdo de aquel incidente le provocaba escalofríos: cuando entró en casa aquel día descubrió que el espejo del recibidor estaba hecho añicos. Sorprendida, pasó al salón y sintió vértigo al observar el suelo cubierto por los pedazos del enorme espejo del aparador.

– ¡Dick! –gritó, temiendo que hubieran entrado a robar y su hijo estuviera en peligro–. ¡Dick! ¿Estás arriba? –Subió las escaleras de dos en dos, sintiendo que el pánico le impedía respirar– ¡Dick! ¡Responde, hijo! ¿Estás ahí?

Por toda respuesta recibió el sonido de cristales estrellándose contra el suelo.

El ruido provenía del cuarto de baño. Elena se imaginó la escena de una pelea. Alguien estaba agrediendo a su hijo. Agarró un bate de béisbol, reminiscencias de la época dorada en que Dick probó a practicar deporte. Lo blandió en su mano y abrió de golpe la puerta del baño, dispuesta a morir matando en defensa de su hijo.

Dick estaba allí... solo.

En su mano derecha sostenía una piedra enorme. Sus ojos vidriosos enfocaron a Elena y con gesto desquiciado mantuvo la mirada unos instantes antes de liberar un grito escalofriante mientras se giraba y descargaba un golpe brutal sobre la esquina del espejo. La mínima superficie de cristal que aún quedaba adherida a la pared, saltó en pedazos cayendo como lluvia sobre el pelo de Dick y el rostro de Elena. Luego pisoteó una y otra vez los cachos de vidrio. Gritaba y gritaba mientras sus pies machacaban el suelo haciendo temblar las paredes.

Elena se llevó ambas manos a la cara, tapando el grito de pánico que subía a su garganta.

– ¿Por qué? Dick, ¿por qué haces eso, hijo mío? –se atrevió a aproximarse y tomarle del brazo. Incluso le zarandeó tímidamente, intentando sacarle del trance de histeria en el que estaba inmerso.

Tras unos segundos de pánico, Dick pareció serenarse. Su respiración todavía era agitada, pero había dejado de gritar y sus brazos colgaban sin fuerza. Miró a su madre, abrió la mano derecha y la piedra cayó pesadamente sobre las migas de cristal.

–Mamá... mamá –se abrazó a ella y rompió a llorar. Era un llanto convulsivo que se acentuó cuando los brazos de Elena lo envolvieron, apretándole con cariño–. Lo siento, mamá, pero tenía que romperlos –Dick dio un paso atrás manteniendo sus manos sobre los hombros de su madre y sus ojos, muy abiertos, la enfocaban con intensidad–. Tenía que romperlos, mamá. Esos espejos reflejaban un monstruo cuando me asomaba a ellos. Eran malos, ¿lo entiendes? Un horrible y asqueroso gordo me miraba desde los espejos cuando me ponía delante. Porque yo no era ese que aparecía allí. ¿Verdad que no, mamá? ¿Verdad que yo no soy tan gordo y tan horrible?

La piel de Elena se erizaba ahora, al revivir aquel momento.

Fue a partir de entonces, tal vez en un intento desesperado por cambiar su imagen, cuando Dick decidió dejarse crecer el cabello hasta lograr la desordenada melena rizada que ahora coronaba su cabeza. Pero no fue ese el cambio más dramático. La diferencia que más estremecía a Elena estaba en los ojos de su hijo. La mirada de Dick fue endureciéndose más y más, hasta convertirse en la pura imagen del odio.

Salió de la cocina sin quitarse los guantes de fregar y se acercó al salón donde su hijo dormitaba sobre el sillón.

Su mente retrocedió de nuevo.

El cómico Dick se fue de un extremo al otro: de brindar espectáculos pasó al aislamiento. Encerrado en sí mismo, y sin querer saber nada de nadie, se recluyó en su cuarto, aislándose del mundo entero.

Huyó de la vida.

Dicen que la soledad es buena para el estudiante. Tal vez por eso Dick se convirtió en un genio. A los quince años ya era un experto en eso de la informática; los ordenadores no tenían secretos para él.

Los ojos de Elena recorrieron la pared del salón, donde colgaban varios títulos y méritos académicos. Dick tenía una mente prodigiosa. Era como una enciclopedia de más de cien kilos. Su mente era tan enorme como su cuerpo... pero su alma estaba raquítica y enferma.

Para su cumpleaños dieciocho, Dick pidió como regalo un potente ordenador que incorporase los últimos adelantos, incluido un monitor grandísimo y conexión a Internet "con banda anchísima, como yo", le dijo a su madre soltando esa carcajada que ella disfrutaba, y a la vez temía.

Desde ese día, y de eso hacía seis meses, apenas salía de su habitación. Se pasaba las horas pegado al ordenador. "Estoy navegando", respondía siempre que ella le animaba a salir.

–Navegando –suspiró Elena, regresando a la cocina–. Ojala le diera, aunque fuera, por surcar los mares.

10

–¿Qué es esto, Naty? –preguntó Ana, tomando la vieja libreta que su amiga le extendía.

–Lo escribí esta noche mientras esperaba aquí –explicó–. Ya sabes, siempre me fue más fácil escribir que hablar –en su rostro se dibujó una sonrisa en la que se mezclaban timidez y dolor a partes iguales.

–Pues vamos a leerlo. ¡Sentaos, tíos, que yo me coloco detrás! –Alex quería demostrar que seguía en el control del asunto. Bajo ningún concepto claudicaba de su liderazgo y, aunque no era cierto, intentaba hacer ver que ya dominaba aquel opresivo ambiente del hospital.

Ana se sentó en medio, sosteniendo el cuaderno, Hugo lo hizo a su derecha y Javián a su izquierda. Alex se puso detrás, apoyándose en los dos chicos mientras Naty tomaba asiento frente a ellos.

La sala de espera estaba inusualmente tranquila, lo que les permitió concentrarse en la lectura:

Es de noche y escribo esto en una vieja libreta. Escribir me sirve para desahogarme y también para matar el tiempo de espera, a la vez que evito que la incertidumbre y el miedo me maten a mí. Me pidieron que saliera de la habitación y esperara aquí mientras someten a Beth a unas pruebas.

Hace tan solo unas horas, mi hermana y yo estábamos en casa. La noche del miércoles discurría con normalidad hasta que, cuando calculé que ya se habría puesto el pijama y estaría acostada, pasé a su habitación para darle las buenas noches. Es lo que mamá siempre hacía, y sé que Beth, aunque con sus dieciséis años ya se siente mayor, necesita que yo lo siga haciendo.

Fue entonces cuando la encontré caída en el suelo.

Estaba desvanecida y desnuda. No le dio tiempo a ponerse el pijama. Por eso pude verla como ella es en la actualidad.

Beth siempre fue la enrollada del grupo, la más bonita, la "fashion"*. Pero ya no es bonita... solo es un esqueleto recubierto de piel.*

A veces nos negamos a aceptar lo que es evidente. Pensamos que no puede ser aunque cien detalles nos griten que sí es.

Eso me ocurrió a mí.

Me negaba a aceptarlo. ¿Mi hermana?, ¿Elísabeth?, ¡imposible!

Ella es feliz. Una muchacha tan preciosa. ¿Cómo le va a ocurrir eso a ella? ¡No me digas tonterías!

No hice caso a las personas que me hablaban de ciertas evidencias... ni hice caso, tampoco, a las evidencias que me hablaban del problema.

Cuando aquel viernes fuimos a comprar ropa y en Berska me pidió que esperara fuera del probador, me extrañó, eso es cierto, pero no al punto de preocuparme. Luego sacó su mano por un lateral de la cortina, entregándome el pantalón y pidiendo que lo buscara otras dos tallas más pequeñas. Me resultó raro, lo reconozco, pero no le di importancia...

Su tardanza en comer me irritaba. Especialmente esa costumbre de picotear en el plato y extender con el tenedor la comida, como rebuscando entre ella. Pero, ¿cómo iba a imaginar que desparramaba el alimento para que abultara menos y fingir así que había comido?

Ahora comprendo ese extraño interés por leer los ingredientes de las cajas, y su maldita manía de hablar de calorías y alimentos "light".

Me desquiciaba verla acudir al baño siempre a mitad de la comida. Pero jamás sospeché que usara esos viajes para vomitar la poca cantidad de alimento que ingería.

Lo cierto es que noté que en el último tiempo había adelgazado, aunque nunca pensé que tanto; ya se ocupaba ella de ocultar su aspecto delante de mí. Además, su rostro, siempre delgado y anguloso, disimulaba a la perfección el desastre que se fraguaba en aquel cuerpo.

Es verdad que me resultó rarísima su norma, casi repentina, de no permitirme pasar a su habitación mientras se cambiaba. Pero ni por lo más remoto pude imaginar que me lo impedía con el objetivo de esconder su gordura –la gordura que solo ella veía–, y más tarde, lo que ocultaba, eran los huesos que se insinuaban bajo su piel.

Ahora me doy cuenta de que hacía tiempo que no veía compresas en el baño. Ella, que siempre me hacía enfadar por su costumbre de no llevarlas al cubo de la basura. Entiendo por qué no las veía sobre el bidé. No era que las hubiera recogido. No era eso, no. Era que no las usaba, porque desde hacía meses la menstruación se le había retirado a causa de su extrema delgadez.

Un día descubrí que sus dedos estaban dañados. Parecían quemados. Me explicó que se debía a un accidente durante un experimento de química en el colegio. ¿Por qué no iba a creerle? ¿Acaso debía imaginarme que aquellas quemaduras las habían provocado los ácidos del estómago a fuerza de meterse los dedos para vomitar? Eso lo sé ahora, pero antes no lo sabía, ni podía, por lo más remoto, imaginarlo.

Y la gimnasia... su empeño en el último tiempo en hacer abdominales de forma exagerada. Su obsesión por salir a correr y luego acudir a la báscula nada más entrar en casa.

¡Está todo tan claro! ¡Eran síntomas tan elocuentes!

Hoy siento la culpa como una losa que me aplasta; pero os lo aseguro, nunca pensé que ella sufriera anorexia.

¿Por qué no me di cuenta antes? Pero, ¿cómo iba yo a pensar que Beth... la hermosa Beth... pudiera verse gorda y fea?

Mi hermana, mi preciosa hermana. ¿Quién podía pensar que ella se aborrecía? Todo el mundo decía: "¡Qué bonita es tu hermana!". Todo el mundo lo dice de ella... pero temo que nadie se lo dijo a ella.

Todos lo piensan.

Todos, menos ella misma.

Es de noche. La libreta se agota, igual que yo. No caben más palabras en sus hojas, ni cabe, tampoco, más dolor en mi alma. Está llena y rebosando.

Aliento una débil esperanza de que tal vez esté soñando... puede que todo sea una pesadilla. Si despierto y estoy en casa, correré a su habitación, no llamaré antes de entrar. No me importa que se enfade, entraré corriendo y me acercaré a su cama... y si ella está allí, se lo diré. Le diré lo que siempre he pensado: "Eres preciosa, Beth... no te dejes engañar... eres preciosa hermana mía...".

Natalia seguía mirando al suelo y sus amigos permanecían con los ojos fijos en la libreta.

Javián carraspeó intentando despegarse la emoción que se había adherido a su garganta, mientras volvía a enterrar sus manos en los profundos bolsillos del pantalón.

Fue Hugo el primero que habló, aunque no dijo mucho:

– ¡Qué fuerte, tía!

El silencio se tornó pesado hasta que Alex dijo lo que todos estaban pensando:

–Naty, estamos contigo –dio en la diana. Era lo que Natalia necesitaba escuchar... Luego se acercó a ella y la abrazó.

Ana acusó una molesta punzada al ver cómo Alex envolvía en sus brazos a Naty, y enseguida remordimientos por haber sentido celos. Reaccionó rápidamente acercándose también y sumándose al abrazo. Pronto estaban todos abrazados, unidos como una piña, abrigando a su amiga.

Era todo lo que podían hacer por ella, y era, a la vez, lo que ella más necesitaba que sus amigos hicieran.

Dick se despertó sobresaltado. ¿Cuánto tiempo llevaba durmiendo sobre el sillón?

En la casa reinaba un silencio absoluto, señal de que su madre estaba fuera. De encontrarse allí estaría viendo la telenovela como cada tarde.

Se desperezó ruidosamente y de repente recordó sus planes. Eso le hizo experimentar un movimiento placentero en alguna parte de su estómago. Recordó también que era jueves por la tarde, lo cual significaba que solo disponía de un día para pulir todos los detalles. El sábado por la mañana estaría en el campo de acción y allí no habría oportunidad de planear, allí solo correspondía ejecutar...

–Ejecutar –pensó mientras se levantaba–. Nunca mejor dicho –y se rió de su ocurrencia. Se encontraba cada vez más ingenioso.

Subió a su dormitorio dispuesto a seguir trabajando.

Nada más abrir la puerta vio la particular diana que él mismo había fabricado.

–Un ejemplar único –se dijo Dick, con orgullo, mientras tomaba un puñado de dardos.

El blanco consistía en una frase: "Ama a tu prójimo como a ti mismo" y cada una de las palabras tenía su puntuación. Por ejemplo, insertar el dardo en "ama" suponía cincuenta puntos. Solo tenía mayor premio acertar en "prójimo"; eso puntuaba cien.

Mantuvo durante unos segundos la mirada en el piadoso consejo que se leía en el centro de la diana.

–Me estoy volviendo un maldito romántico –se dijo con enfado al verse incapaz de sujetar su recuerdo cuando su pensamiento voló a aquella mañana de domingo:

En su mente se vio escuchando con atención las explicaciones que impartía don Cosme.

–Ama a tu prójimo como a ti mismo –había repetido varias veces ese día. Y Dick también lo hizo... hasta que supo quién era el prójimo.

La clase terminó y los niños corrieron a los jardines de la iglesia.

– ¡Dick! –la voz de Cosme le hizo parar y el contacto de la mano sobre su hombro le invitó a girarse–. Escúchame, hijo –le sonreía con los ojos más que con la boca y sus palabras chorreaban el néctar del cariño más sincero–. ¡Como a ti mismo...!

Dick entornó sus ojos y frunció su ceño en un gesto de extrañeza. Era la primera vez que no entendía lo que don Cosme intentaba decirle.

–Ama a tu prójimo como a ti mismo –repitió–. Te resultará imposible amar a otros si tú no te amas –puso su mano bajo la rechoncha barbilla del muchacho, obligándole a levantar la vista para hablarle a los ojos–. Escucha hijo, eres una criatura muy especial. No te menosprecies ni dejes que nadie lo haga. Eres único y especial... Ámate, para poder amar a otros.

Regresó a casa manoseando los dos caramelos que don Cosme le había dado en la despedida y meditando en las palabras del sabio maestro:

–Como a ti mismo –pensaba de camino al hogar–. Pero luego se centró en la otra parte de la enseñanza: no dejes que nadie te menosprecie... no dejes que nadie te menosprecie...

En el trayecto a casa se lo repitió varias veces.

A don Cosme no le habría gustado el énfasis que Dick estaba poniendo en esas palabras, olvidando lo del amor.

–No lo permitiré –una extraña sonrisa desfiguró, por segunda vez aquel día, el inocente gesto de Dick–: llegará el momento en que no me menospreciarán.

Su mano derecha envolvió los caramelos y los apretó con tal fuerza que sus nudillos se pusieron blancos.

Dick regresó del viaje y se descubrió apretando con rabia el puñado de dardos. Una de las puntas metálicas había perforado su dedo pulgar, provocando un hilillo de sangre que se deslizaba por su mano.

Sus ojos entornados enfocaron la diana. La fabricó el mismo día en que Fran, el alumno más aventajado de don Cosme, intentó hacerle meditar en el valor de aquella frase.

–Infumable –pensó ahora Dick torciendo el gesto al recordar–. Fran me soltó un rollo infumable. Seguro que Cosme lo envió a mi casa para que me comiera el coco.

–Ama a Dios sobre todas las cosas y a tu prójimo como a ti mismo. Es el mandamiento más importante que contiene la Biblia –le había dicho Fran aquel día.

– ¿La Biblia? –respondió él, alargando con sorna la última "a"–. ¡Puaf! Menudo tostón.

–No deberías decir eso, Dick –aquel tipo no perdía nunca los papeles, y la templanza de su amigo lo dejaba a él en evidencia, lo cual le sacaba aún más de sus casillas–. Si lo piensas bien verás que es una auténtica clave para la vida. ¿No te das cuenta? No solo nos dice que amemos a los demás, sino que añade: "como a ti mismo", y el asunto es que nunca podrás amar a otros mientras que tú mismo te aborrezcas.

– ¿De qué vas, tío? –Dick se puso a la defensiva–. Ese rollo ya me lo soltó Cosme. Además, ¿estáis insinuando que yo me odio?

–No insinúo nada –Fran adoptó un tono sedante y apaciguador. Solo era dos años mayor, pero parecía el padre del que Dick carecía–.

Estoy diciéndote que quien no se ama a sí mismo no sabrá amar a los demás. Quien se mira con odio terminará odiando al resto. Es necesaria una dosis de autoestima.

Fran acababa de poner el dedo en la llaga y Dick se sintió descubierto y acorralado. Siempre se había considerado inferior. Toda su vida se aborreció, y ese hecho le hacía odiar a los demás. Por eso buscaba hacerles daño, porque todos tenían más valor y eran mejores que él.

Pensó en Fran mientras, con los dedos índice y pulgar de su mano derecha, acariciaba la punta metálica manchada en sangre. Ese tipo le caía realmente bien, de hecho era su único amigo. Nadie le había dedicado tantas horas en sus momentos de bajón, y siempre sabía decirle las palabras justas para levantar su ánimo, pero en aquella ocasión Fran se había pasado. Le hizo una radiografía del alma que supuso un mazazo para Dick, y este, muy enfadado, echó a Fran de su habitación con un portazo; y en cuanto estuvo solo se puso manos a la obra, convirtiendo la odiada frase en el blanco donde desahogar su ira.

Ahora, alterado por el recuerdo, enfocó la diana y lanzó certeramente el dardo. La punta metálica, impregnada con la sangre de Dick, se hincó en la odiada palabra *ama* tiñéndola de rojo.

El segundo tampoco falló.

– ¡Me cargué al prójimo! –gritó con júbilo al ver como el dardo vibraba entre la *j* y la *i*.

Allí quedó hincado, como un negro presagio, mientras una siniestra carcajada llenaba la habitación y se extendía por toda la casa.

De haber estado allí, Fran y Cosme habrían temblado de miedo.

Los chicos deshicieron el abrazo cuando se abrieron las puertas que comunicaban con el área de urgencias.

Un médico de aspecto bonachón se detuvo a dos metros de ellos:

– ¿Familiares de Elisabeth Romero?

– ¡Yo! –respondió Naty acercándose a la carrera–. Soy su hermana.

– ¿Solo tú? –el doctor la miró de arriba abajo. La clamorosa juventud de Naty y el grupo de chicos que estaban literalmente pegados a su espalda, despertaron las suspicacias del doctor–. ¿No están tus padres?

–No, no están –decidió no dar más explicaciones. Estaba cansada de contar la misma historia lacrimógena cada vez que le preguntaban por sus padres–. Yo soy su tutora legal.

El médico dudó por unos segundos.

–Está bien –hizo un encogimiento de hombros totalmente perceptible, pero sus ojos transmitían cariño y preocupación a la vez–. Soy el doctor Fabra –le tendió la mano que ella presionó muy débilmente–, estoy atendiendo a tu hermana. ¿Quieres acompañarme? –comenzó a caminar hacia las puertas abatibles–. Tú sola, por favor –no tuvo que girarse. Supo por el ruido de pasos que Naty había arrastrado consigo a todo su séquito de amigos.

–Te esperaremos aquí –Ana presionó el brazo de su amiga y le hizo un guiño de ojos que supuso un mensaje muy reconfortante–. Ánimo, todo irá bien.

A Naty le gustó que el doctor se sentara junto a ella en vez de hacerlo al otro lado de la enorme mesa cubierta de papeles y gruesos volúmenes.

–Supongo que sabes cuál ha sido la causa de que tu hermana ingrese en este hospital –la mirada del facultativo, directamente a los ojos, denotaba comprensión e invitaba a la confidencia.

– ¿Anorexia?

–Así es –asintió el doctor sin perder esa sonrisa que, sin excluir la preocupación, inspiraba cercanía–. ¿Sabes desde cuándo es anoréxica tu hermana?

–No tengo ni idea doctor –admitió. Luego el registro de su voz bajó varios tonos–. Acabo de saberlo, me he enterado aquí mismo –Naty apretó los puños con rabia al sentir que sus ojos volvían a llenarse de agua. ¿Por qué era tan sensiblera? ¿No iba a ser capaz de hablar con nadie sin llorar?–. Nunca me imaginé que mi hermana tuviera ese problema y por eso me siento muy mal... Si me hubiera dado cuenta antes, ella no...

–Escucha, Naty –el médico juntó las manos y se las puso frente a la cara como si rezase. Estaba buscando las palabras justas–. He atendido mil casos como este y en casi todos ocurrió lo mismo. La anorexia casi nunca se descubre hasta encontrarse en un estado avanzado. La razón es que quienes la padecen se convierten en escapistas redomados. Actores profesionales capaces de engañar a toda la familia.

–Pero si yo hubiera estado más atenta...

–No pudiste estarlo porque ella no te autorizaba –solo posó su mano sobre el abatido hombro de la chica, pero el delicado gestó tuvo un efecto terapéutico–. Tu hermana está enferma y se encuentra además en la desquiciada adolescencia de los dieciséis años, con su personalidad no configurada y mucho menos aceptada, y con su cuerpo experimentando cambios radicales, la mayoría desagradables para ella.

–Si me hubiera acercado más... –intentó intervenir. Lo intentó, pero el doctor no se lo permitió.

–En esa ciénaga pavorosa de la adolescencia, el aspecto físico se convierte en una obsesión que alcanza el grado de pesadilla –la miró a los ojos recalcando el valor de sus palabras–. Pero Beth despertará de esa pesadilla, y cuando lo haga te necesitará a su lado y te necesitará entera, sin complejos de culpa que te bloqueen –la hizo levantar la mirada que ella había agachado–. Deja de torturarte con lo que pudo ser y no fue. Ahora conoces su problema y ahora es el momento de ayudarla.

– ¿Cómo está?

–Tu hermana no está bien –Fabra no intentó suavizarlo.

–Pero... ¿Usted cree...? –el labio inferior de Naty temblaba ostensiblemente–. ¿Quiero decir...?

– ¿Qué si su vida corre peligro?

La asustada muchacha asintió con la cabeza.

–No tiene sentido que nos andemos con rodeos –el médico optó por mantener la sinceridad–. Tu hermana sufrió un paro cardiaco e ingresó en este hospital en estado de coma –su rostro revelaba pesadumbre–. Su extrema delgadez ha hecho que ingrese, además, con una infección generalizada. Hemos puesto en marcha todas las terapias tendentes a conservar su vida, pero aun así tendremos que esperar para ver los resultados.

El dato hizo que Naty cerrara los ojos. Le importaba un bledo parecer sensiblera, lloró porque necesitaba llorar.

Miró al doctor desde la cortina de lágrimas y le preguntó directamente:

– ¿Qué posibilidades tiene?

–Es difícil ser precisos –reconoció–. Esto de la anorexia nos tiene a todos despistados. La tasa de mortalidad oscila entre el cuatro y el veinte por ciento. El riesgo de muerte es significativo cuando el peso es inferior al sesenta por ciento de lo normal. Elisabeth debería pesar sesenta kilos, pero pesa treinta y cinco.

Naty iba a derrumbarse de nuevo, pero Fabra salió en su ayuda:

–En este caso la diferencia no es inferior al cincuenta por ciento y esa es una razón para que alentemos esperanzas, pero no tenemos más remedio que esperar. Lo que puedo asegurarte es que haremos todo lo que esté en nuestras manos para salvar a tu hermana... y confío en que será suficiente –acentuó un poco la presión de su mano sobre el hombro de la chica, solo un poco, pero ella lo percibió–. ¿Quieres un vaso de agua?

Naty no contestó, pero le habría gustado gritar que no quería más agua, que ya se sentía bastante ahogada.

13

Fue una ocurrencia genial organizar un combate de bolas de pintura para celebrar el final de curso. Aquel circuito de *paintball* era increíble y Alex alucinaba en esas trece mil hectáreas de terreno llenas de árboles. En aquel lugar uno podía perderse y no ser encontrado en tres días. Era la mejor forma de soltar todo el estrés y el mal rollo acumulado durante los exámenes finales del instituto.

–La movida se me ocurrió a mí –pensó, sintiendo un subidón de ego–, y ha sido todo un éxito.

Se habían apuntado más de veinte colegas, lo que les permitió hacer dos buenos equipos.

– ¡Una auténtica guerra! –gritó con triunfo, agitando el arma sobre su cabeza–. Ahora a localizar tíos y a cargármelos.

Además, la ambientación del lugar era impresionante, y en aquel paraje había rincones realmente estratégicos, como aquella casa semidestruida en la que ahora mismo se encontraba. También eran alucinantes la zona de trincheras cavadas en la tierra y el sector de coches y camiones desguazados.

Estaba satisfecho de sentirse el artífice de aquella movida tan flipante, lo que le hizo sonreír inconscientemente mientras se apoyaba en el alféizar de la ventana y oteaba el horizonte buscando víctimas.

Definitivamente estaba disfrutando del sábado, aunque la imagen de Naty y Beth vino varias veces a su mente, y una punzada de remordimiento intentó empañar su alegría, pero rápido lo echó fuera. Naty se lo había dicho bien claro el día anterior cuando estuvieron viéndola:

–Ni se os ocurra presentaros mañana en este hospital. Solo me dejan pasar a verla diez minutos cada montón de horas. ¿Qué hacemos aquí todos esperando?

–Entonces ¿por qué no te vienes tú también? –Alex lo dijo sin pensar, pero rápido se dio cuenta de la tontería que había propuesto.

–Yo no debo ir. Quiero estar aquí por si hay algún cambio –lo dijo con misericordiosa naturalidad, como si la sugerencia no hubiera sido absurda.

–Tienes razón –admitió Ana–. Yo haría lo mismo.

–Pues no se hable más –sacando fuerzas de flaqueza para reírse, Naty les empujó hacia los ascensores–. ¿Veis? No os necesito –mientras se cerraba la puerta del ascensor les guiñó un ojo lanzándoles un beso–. Divertíos mucho mañana. Si hay algún cambio os avisaré.

Esa Naty era una tía increíble; todos sabían que estaba rota por dentro, pero mostraba una entereza alucinante. Desde el primer día que la vio se sintió fascinado por ella. Pasaba del metro setenta, y su pelo largo, negro y muy rizado que siempre llevaba suelto, llamaba la atención. Le gustaba mucho también su nariz chata y las pecas que tenía alrededor de ella. Sí, le gustó nada más verla, pero luego apareció Ana y aquello sí que fue un flechazo. Era más bajita que Naty, pero la melena rubia, y sobre todo su sonrisa, lo cautivaron de golpe. Alex no estaba muy seguro de qué era eso de enamorarse, pero lo que había sentido estando cerca de Ana no lo había sentido con ninguna otra. Sin embargo, cada vez que le venían esos pensamientos se los sacudía rápidamente. ¡Qué tontería! Ana era demasiada chica para él. Pero, y si...

–Bueno, a ver si soy capaz de centrarme en lo que estoy –se recriminó al darse cuenta de que se había ido totalmente de la acción. Casi se había olvidado de que estaba guarecido en aquellas ruinas buscando un enemigo a quien abatir–. Vamos a concentrarnos en el combate.

Volvió a recostarse en el alfeizar de la ventana y oteó el horizonte.

Apenas llevaba un minuto atisbando el exterior cuando escuchó un ruido a sus espaldas. El sobresalto le provocó un vuelco en el estómago. Juraría que había oído pisadas.

– ¿Eh? ¿Quién anda ahí? –dijo girándose de golpe y buscando la protección de un montón de escombros.

Nadie.

–Espero que no me hayan descubierto –susurró agazapado entre las ruinas–. No molaría nada quedar eliminado tan pronto.

No había nadie a la vista y todo estaba en silencio. El sonido del viento en las copas de los árboles era la única interferencia, pero Alex notaba que su corazón se había puesto a cien; casi podía escuchar los latidos.

Lentamente volvió a la ventana y sacó un poco más la cabeza, buscando vida en el exterior.

– ¿Dónde estarán mis colegas? –resopló–. ¡Maldita sea! No se ve un alma, ni que se les hubiera tragado la tierra... ¿Eh?

Ahora no le cupo ninguna duda. Algo se había movido a sus espaldas.

–Me han roto la numeración mágica –Dick se había enterado de la ausencia de dos de las chicas, por lo que no serían doce en cada equipo–. No hemos comenzado bien –torció el gesto logrando una horrorosa mueca mientras se arrastraba por la tierra–, pero al menos ninguno de esos pardillos[14] ha notado mi presencia. No ha sido fácil entrar aquí sin ser visto, pero de algo tenían que servir todas las horas que eché en preparar la operación.

Vio frente a él la casa en ruinas y se incorporó buscando la protección de un árbol.

–Seguro que alguno se ha metido allí dentro. Con estos chavales no hay sorpresas –ahora la mueca fue de asco–. Son totalmente predecibles, es lo más aburrido de mi misión.

---

14. Incautos, ignorantes.

Se aproximó con cautela. Los árboles le ocultaban y él se movía con una agilidad asombrosa pese a su rodilla, hecha harina, y a su enorme volumen.

Pronto alcanzó la parte trasera de la vivienda, y apoyándose en lo que un día debió ser una puerta, asomó la cabeza con cuidado.

–Nadie –murmuró.

Se fue moviendo con el sigilo de una serpiente, pasando de habitación en habitación; hasta que Alex apareció frente a él.

–Ahí está –susurró, como si hablara con alguien–. ¿No lo dije? Totalmente predecibles. Menudo "pringao"[15], mirando por la ventana en busca de víctimas, sin saber que él mismo será la víctima –aguzó la vista, intentando identificar al ingenuo chaval que miraba por la ventana–. ¡Hombre! –casi levantó la voz–. Hoy es mi día de suerte, pero si tengo delante a Alex. No cabe duda, esa coronilla con pelos de estropajo lo delata –rió para sus adentros–. Soy un tío con suerte, voy a cargarme al líder.

Recargó sobre su hombro el disparador y aproximó la cabeza guiñando el ojo derecho para apuntar con precisión.

Alex se movió unos centímetros. Solo unos centímetros, pero suficiente para salirse del campo de visión de Dick.

–Maldita sea –rezongó–. Ese montón de escombros lo tapa.

Salió de su escondite buscando un mejor plano, y con su pie derecho pisó un ladrillo que se movió. Su rodilla se torció de mala manera, al punto de que Dick pudo escuchar el chasquido.

– ¡Agh!

Un dolor atroz le recorrió desde la articulación hasta la coronilla, pero la sobredosis de adrenalina le hizo mantenerse en pie.

– ¡¿Quién está ahí?! –gritó Alex, girándose.

15. Persona que se deja engañar fácilmente.

Dick se ocultó a medias tras un muro semidestruido.

– ¡Tío, te he pillado! –gritó Alex–. ¡Da la cara si eres hombre!

– ¿Que si soy hombre? –murmuró Dick para sí, torciendo la boca en una irónica sonrisa–. Claro que soy hombre... y enseguida lo vas a comprobar.

Salió de detrás del muro y quedó frente a él, a unos seis metros de distancia, apuntándole con su arma.

Alex le miró petrificado. ¿Quién era ese tipo? Su uniforme marrón no coincidía con el de su equipo ni tampoco con el contrario. Además, ninguno de sus colegas era tan gordo como aquel tío... parecía un elefante. Aunque la cabeza, cubierta por una descuidada melena de rizos que parecían rastas, se asemejaba más a la de un león.

–Tío –dijo, intentando controlar los nervios–, vaya susto me has dado.

Dick no se movió ni un milímetro, ni siquiera parecía respirar. Seguía encañonándole, y su pulso no temblaba lo más mínimo.

– ¿Quién eres, tío? –algo le decía a Alex que las cosas no iban bien–. No me suena tu uniforme. ¿Estás en nuestro combate?

Silencio absoluto.

A Alex le pareció ver una siniestra sonrisa bajó las enormes gafas protectoras que cubrían la cara de aquel elefante humano. Mil alarmas se dispararon en su mente, por lo que hizo el intento de agacharse tras los escombros... demasiado tarde... la detonación ya había sonado.

Sintió una aguda punzada en el brazo, como si un clavo muy grueso hubiera penetrado, abriendo su carne y destrozando músculos y tendones. Miró el lugar donde había recibido el impacto y no vio marca de pintura, solo un orificio en su antebrazo.

El dolor era espantoso. A duras penas lograba mantenerse en pie, con los ojos fijos en aquella herida que le ardía.

Para cuando comprendió que el líquido viscoso que brotaba de su brazo no era tinta, sino sangre, ya era tarde. La segunda detonación le advirtió de lo que venía.

De nuevo notó que algo grueso se hincaba, esta vez en su pecho.

Supo de golpe que no le habían disparado con bolas de pintura, sino que su cuerpo había sido perforado por munición real. Mientras cien imágenes de películas policíacas pasaban por su mente, las fuerzas le abandonaron de golpe y se desplomó.

Apenas sintió nada cuando su cabeza golpeó contra los ladrillos que se amontonaban en el suelo. Todo se apagaba a su alrededor cuando se descubrió pensando: "¡M...! ¿Por qué me habrán descubierto tan pronto?".

El sábado por la mañana, Naty dormitaba en la sala de espera. Se había tumbado sobre tres sillas, y aunque los bordes se le hincaban por todos lados, el agotamiento logró que descabezara algún sueño.

Las puertas por las que se accedía al área de urgencias se habían abierto treinta o cuarenta veces esa noche, y cada vez se había incorporado esperando que fueran noticias para ella.

Las enfermeras le repitieron en varias ocasiones que era mejor que se fuera a casa a descansar.

–Tenemos tus teléfonos –le decían– y en cuanto haya la más mínima novedad te avisaremos.

Incluso algún médico intentó hacer valer su autoridad instándola a que se fuera a dormir, pero nadie consiguió mover a

Naty de allí. Lo más que lograron fue que bajara a la cafetería para cenar algo. Luego, entrada la madrugada, una enfermera muy amable le llevó un vaso de leche caliente y un flan.

Eran las ocho de la mañana cuando se despertó sobresaltada al escuchar el débil chirrido de las puertas abatibles. Se incorporó y como entre brumas vio el rostro del doctor Fabra. Se frotó con fuerza los ojos y entonces descubrió que el facultativo sonreía.

–Buenos días, Naty –aquel médico le caía bien, era amable. Ella siempre había pensado que eso de los doctores simpáticos solo se daba en las series de televisión como Hospital Central y Urgencias, pero ahora el doctor Fabra sonreía abiertamente mientras le explicaba–. Tengo buenas noticias –esas palabras, sin más, ya supusieron un mensaje que hizo que su estómago se moviera.

– ¿Cómo está mi hermana? –se incorporó de la sillas, adormilada pero suplicante, y en un arrebato puso su mano sobre el brazo del médico, aunque lo retiró enseguida.

–Beth ha salido del coma –la sonrisa del doctor mostraba a las claras cuántos deseos tenía de poder dar esa noticia.

– ¡Dios mío! –Naty no sabía qué decir. De inmediato sus conductos lagrimales se activaron, impidiendo que viera al médico–. Pero ¿está bien?

–Mucho mejor de lo que cabía esperar –el gesto dulce del doctor hacía que sus palabras se mecieran, depositándose como plumas sobre las castigadas emociones de Naty–. Aún es pronto para ser muy optimistas, pero te confieso que estoy gratamente sorprendido. La exploración que le hemos practicado nos hace alentar esperanzas. No te oculto que hay indicios de que sus huesos han sufrido la desnutrición. Confío en que la pérdida de densidad ósea no sea irreversible, pero es posible que su crecimiento se vea afectado.

– ¿Qué quiere decir? –Naty no entendía nada; con su mirada suplicó que le dieran el diagnóstico en su idioma.

–Un cuadro de anorexia severa como el que presenta tu hermana, cuando se da en pleno desarrollo, afecta al crecimiento. La persona que lo padece puede ser más baja de lo normal.

– ¿Le quedarán otras secuelas? –prefería que todas las malas noticias vinieran de golpe.

–Según nuestros cálculos tu hermana debía llevar más de cinco meses sin menstruar. La ausencia de regla puede desencadenar osteoporosis.

– ¿Osteoporosis? – ¿Por qué se empeñaba en hablarle en chino?

–El hueso se vuelve poroso y frágil –explicó el doctor–. Puede romperse con facilidad. En todo caso, es evidente que ha perdido mucha masa ósea. Le aplicaremos estrógenos y confiaremos en que la regenere. Cuando recupere la menstruación aumentará la fortaleza de los huesos –quiso quitar hierro al asunto, por lo que añadió–. Naty, tu hermana se ha librado de otras secuelas mucho más graves. Muchas chicas con anorexia terminan sufriendo cardiopatías. Debido a la falta de nutrientes los músculos del corazón llegan a pasar hambre y pierden tamaño. He visto niñas de diecisiete años con corazones del tamaño de una de siete –cerró los ojos intentando esquivar aquella imagen–. Esos músculos desarrollan ritmos de bombeo anormales: o se disparan o van demasiado lentos, lo que se conoce como bradicardias. Las cardiopatías son la causa de muerte más común en los enfermos de anorexia. Beth podría haber quedado fulminada con el paro cardiaco que ha sufrido, sin embargo ha despertado, y lo más sorprendente es que el reconocimiento que le hemos practicado revela que su corazón apenas ha sufrido daño. Lo demás es menos grave.

Naty se puso en pie sin saber qué hacer. Sentía deseos de abrazar al doctor Fabra, pero no se atrevía.

Sin dejar de llorar preguntó:

– ¿Puedo pasar a verla?

–Puedes –concedió–, pero solo un momento. Tu hermana sigue muy débil –revolvió cariñosamente el cabello de Naty al añadir–, aunque no creo que esté tan cansada como tú.

Beth tenía sus ojos cerrados, pero respiraba sosegadamente. Naty sintió un alivio inmenso al observar que ya le habían quitado prácticamente todos los artilugios que hasta ayer mismo tenía conectados. Solo una vía estaba insertada en su mano derecha, y hasta ella llegaba un tubo transparente de medio centímetro de diámetro, por donde entraba seguramente el suero.

–Hola... –susurró Beth abriendo los ojos. Naty notó en su mirada que estaba confusa, como quien despierta de un largo sueño en un lugar desconocido–. ¿Dónde estoy? ¿Qué me ha pasado?

– ¿Por qué lo hiciste? –Naty se dio cuenta enseguida de que no debió haber hecho esa pregunta. Al menos no todavía. Debería haber comenzado por besar a su hermana, tal vez abrazarla. Todo menos interrogarla. Pero ya era tarde; no pudo esperar para sacar toda la angustia y el miedo que tenía acumulados–. ¿Por qué nunca me contaste tu problema?

– ¿Qué problema? –replicó Beth con indiferencia.

– ¡Por Dios, Beth! –el cinismo de su hermana logró descomponerla–. Has estado a punto de morir. ¿Cómo puedes preguntarme "a qué problema me refiero"?

– ¿Por qué no me dejas en paz? –giró la cabeza, quedando cara a la pared–. Dejadme todos en paz… no me ocurre nada, estoy perfectamente.

Una tristeza grandísima cegó a Naty. No esperaba esa reacción ni podía comprender aquel despotismo. ¿Qué le había ocurrido a su hermana? Ni siquiera era capaz de reconocer a la chica que estaba allí tumbada.

Como activada por un resorte y sin calcular las consecuencias se acercó a la cama y tiró de la ropa que tapaba a Beth, dejándola casi desnuda.

– ¡Mírate! –señaló el torso de su hermana, mientras mantenía sus ojos fijos en los de ella–. Mira tus costillas. Puedo contar tus huesos, tienes el vientre hundido, la pelvis salida, mira los huesos de tus rodillas. Mis brazos son más gruesos que tus piernas. Beth, por favor, tu aspecto pone los pelos de punta.

– ¡Cállate! –el grito de Beth sonó desgarrador–. ¡Ya sé que parezco un monstruo! ¡Siempre lo he parecido! ¡Nunca fui tan bonita como tú, pero no hace falta que me lo restriegues!

Naty miró a su hermana que se cubría de nuevo. Sus manos parecían dos racimos de huesos con los que intentaba remeter la ropa en torno a su escuálido cuerpo, asegurándose de que ni una porción de piel quedara al descubierto.

Para ese momento un par de enfermeras se habían aproximado atraídas por el alboroto.

–Debes salir –le dijeron a Naty mientras la apartaban de la cama–. Está muy débil y necesita descansar.

–Lo siento, de verdad –Naty rompió a llorar, dándose cuenta de que se había pasado–. Solo un momento más. Por favor. Déjenme estar un minuto más con ella.

–Un minuto –concedió de mala gana la enfermera–. Y no la hagas hablar.

Al observar los huesos de Beth marcados bajo las sábanas, Naty sintió deseos de vomitar, pero no era repugnancia lo que sentía. Nunca había pensado que el pánico pudiera inducir el vómito, pero ahora le ocurría.

Entonces reparó en que la cama se estaba moviendo.

—¡Beth! —gritó al descubrir que su hermana convulsionaba— ¡Beth, por Dios! ¿Qué te ocurre?

Los ojos de Beth estaban girados hacia atrás y fuertes espasmos la sacudían haciendo gemir los hierros de la cama.

— ¡Ayuda, por favor! —gritó Naty, fuera de sí—. ¡Mi hermana se muere!

Vio a muchas personas corriendo hacia la cama y luego sintió que alguien le agarraba por los brazos conduciéndola a la salida.

En cuanto estuvo fuera corrió al baño. Las arcadas habían retornado, y esta vez eran imparables.

Todavía inclinada sobre el inodoro, mientras el punzante olor de los ácidos estomacales inundaba su nariz, Naty pensó en sus amigos.

—Por supuesto que no iremos a jugar paintball —le había dicho Ana con firmeza—. No podríamos disfrutar mientras vosotras estáis aquí.

—Vendremos para estar contigo —ratificó Alex.

Eran unos colegas fantásticos, pero ella les insistió en que mantuvieran sus planes. Sabía cuánta ilusión habían puesto en ese proyecto.

Ahora, al ver en el espejo su rostro completamente blanco y la sombra oscura que rodeaba sus ojos, se dio cuenta de cuánto los necesitaba.

—Ojalá estuvieran aquí —pensó, mientras se lavaba la cara con agua fría—. ¿Qué tal les estará yendo?

Alex quedó tumbado entre los escombros.

Su cabeza, forzada en un giro imposible, presentaba una brecha en la frente, producida al golpearse en la caída.

Tenía un brazo bajo el estómago y dos regueros de sangre surgían, uno a la altura del hombro y otro de la cintura. A veinte centímetros de su pierna derecha se unieron, formando un charco que crecía a cada momento.

Después de cerciorarse de que ese pardillo no volvería a disparar un marcador de pintura –ni a hacer ninguna otra cosa en este mundo–, Dick se deslizó fuera de la casa con la misma agilidad con la que había entrado.

Bajo la máscara transparente que cubría su rostro, había una sonrisa escalofriante. Era el placer de sentir que en su mano estaba el poder de la vida y la muerte.

– ¿Quién ha dicho que Dios está en el cielo? –rió con una carcajada estridente–. Dios está también en la tierra. ¡Yo soy Dios!

Esta vez su risa habría erizado el vello a cualquiera.

Ana estaba cuerpo a tierra. Se alegraba de haber venido. Lo cierto es que estaba disfrutando más de lo que pensaba, aunque no podía sacudirse cierta culpabilidad por no estar junto a sus amigas en el hospital.

Mientras oteaba el horizonte en busca de rivales, comenzó a recordar: por un tiempo fue íntima amiga de Beth, en especial durante el último curso del colegio, antes de empezar el bachillerato.

Juntas habían vivido momentos fantásticos.

Recordaba con especial cariño las tardes de los viernes, cuando quedaban para ir al centro comercial. Casi siempre hacían lo mismo: probarse ropa, merendar una hamburguesa, y luego Beth se pedía un *brownie* de postre. Era un ritual sagrado, en especial lo del *brownie*.

Le parecía verla en ese mismo instante, llevándose a la boca la cuchara llena de pastel de chocolate y cerrando sus ojos en un gesto de placer.

–Hummm –exclamaba sin abrir los ojos–. Tía, esto está de muerte.

Por eso le resultó tan extraño aquel viernes en que su amiga no se pidió hamburguesa, sino solo una ensalada y después declinó la invitación a un *brownie*.

Aunque le pareció raro, no le dio demasiada importancia. Pero lo mismo ocurrió al otro viernes y también al siguiente.

Más adelante, al cursar bachillerato, lo hicieron en distintos institutos y perdieron el contacto. Entonces empezó a quedar más con Naty.

Y luego llegó esto.

Cuando Naty les contó lo que había ocurrido, de inmediato le vino a la mente el último viernes en que Beth y ella salieron juntas. Cuando entraron al Burger, Beth le dijo:

–Te acompaño, pero no voy a tomar nada.

– ¿Y eso? –le preguntó Ana.

–No me encuentro bien, tengo el cuerpo un poco revuelto.

No podía evitar sentirse algo culpable. ¿Por qué no detectó los síntomas que mostraba Beth?

¿Por qué no le dijo a Naty que encontraba rara a su hermana? ¿Por qué no le advirtió de que Beth había dejado de comer?

De haberlo hecho tal vez habrían podido ayudarla.

Un ruido cercano sacó a Ana del recuerdo.

– ¡Allí va uno! –Ana levantó un poco la cabeza mirando por encima de las piedras que formaban un pequeño muro y se arrastró, asegurándose de no ser vista. Luego se incorporó rápidamente y disparó.

– ¡Te he dado! ¡Estás eliminado! –gritó con entusiasmo. Pero cuando el individuo al que había marcado se giró, ella se dio cuenta de que aquel uniforme marrón no correspondía a los colores del equipo rival–. Lo siento –se disculpó–. Te confundí.

El desconocido permaneció unos segundos en silencio, mirando cómo la pintura verde se deslizaba por su uniforme. Luego miró a la chica.

– ¡La dulce Ana! –exclamó Dick, para sí, con regocijo.

Aunque la máscara tapaba su rostro, fue fácil identificarla por la voz y la larga melena rubia que siempre cepillaba cuidadosamente.

–Tengo frente a mí a la bella y dulce Ana. La jovencita que siente repugnancia por los gordos.

Dick ardió en ira al recordar aquel día, ocho años atrás, en la escuela:

–Me gustas –le dijo él con la inocencia pura de un niño de diez años.

–Tú a mí no –respondió ella sin ninguna inocencia–. Los gordos me dais asco.

El recuerdo atizó la llama de la amargura y Dick alzó lentamente el disparador, apoyándolo en su hombro.

– ¡Espera! –gritó la chica–. Yo no voy en tu grupo...

La frase fue interrumpida por la detonación, y enseguida el proyectil impactó en ella.

Ana cayó al suelo mientras pensaba: ha incumplido la norma de no disparar a la cabeza.

Luego todo se oscureció.

18

Elena se alegró al ver llegar a su hijo sonriente.

Dick había entrado en casa muy sudoroso. Nada raro, ya que el exceso de grasa le hacía chorrear al mínimo esfuerzo. Lo que sí le extrañó fue que subiera tan rápido a su habitación, cargando aquella enorme mochila.

– ¿Qué llevas ahí? –le preguntó.

–Nada –la ignoró completamente y subió las escaleras todo lo rápido que su enorme cuerpo le permitía.

Su madre le observó con la preocupación a la que ya estaba acostumbrada. – ¿Nada? –pensó– esa bolsa que lleva al hombro debe pesar veinte kilos, ¿y dice que no lleva nada?

– ¿Te duele la rodilla? –le preguntó–. Cojeas más que otros días. Tendremos que volver al médico.

Dick ignoró el comentario de su madre y nada más entrar al dormitorio se precipitó hacia su armario e introdujo la mochila lo más adentro que pudo. Luego puso encima un montón de ropa arrugada. Allí estaba segura. Su madre tenía instrucciones estrictas de no acercarse a menos de diez metros de su armario.

–Si mami supiera que el gordito de su hijo guarda un arma en el armario seguro que le daba un patatús –rió para sus adentros y enseguida reparó en que hoy había reído varias veces–. Nunca pensé que ver morir a alguien produjera tanto placer.

Se dejó caer sobre la cama, colocó una almohada bajo la maltrecha rodilla y cerró los ojos, calculando los detalles de la próxima intervención.

–Ha llegado mi tiempo –murmuró–. Maldita sea, ha llegado el tiempo de que Dick se ría. Ya se rieron bastante de mí.

Sus ojos se posaron en la diana:

–Ama a tu prójimo como a ti mismo. Ja, ja, ja... –lanzó un dardo que voló impulsado por el odio, y fue directo a la "r", como si tuviera magnetismo–. ¡Cien puntos! –gritó, presa de la exaltación.

Solo una duda le embargaba: si por fin había hecho venganza contra quienes se mofaron de él; si había llevado hasta el límite el rencor acumulado y el plan había funcionado a la perfección, ¿por qué no se sentía feliz?

19

La Guardia Civil acordonó toda la zona y precintó la entrada al circuito.

Varios Nissan Terrano ocuparon aquel lugar, habitualmente tranquilo, pero que en ese momento era un hervidero de sirenas y luces parpadeantes.

En la reducida oficina del gerente de Denver 13, varios chavales temblaban de miedo.

La puerta se abrió y dos agentes uniformados entraron.

– ¡Picoletos![16] –susurró Hugo, estremecido, al oído de Javián.

– ¡Tío, intenta controlarte! –le replicó este, también en susurros–. ¡Estás a punto de llorar! –lo que no quiso decirle es que él sentía aún más miedo.

–Hola, chavales –dijo el que parecía mayor de los dos–. Soy el Sargento Bermúdez y aquí –señaló al guardia civil más joven– el agente López.

Ninguno de los chicos contestó, pero a alguno se le escapó una leve inclinación de cabeza: una muestra exagerada de respeto producida por el miedo.

Bermúdez tomó asiento en la silla del director de Denver 13 y su asistente lo hizo a su lado. Sin intentar ocultar su mal carácter, el sargento apuntó con su índice a la chica que se encontraba en primera línea de fuego, justo delante de la mesa.

– ¿Así que fuiste tú quien descubrió uno de los cuerpos?

–S... sí –respondió la chica pelirroja sin poder disimular el temblor de sus labios–. Yo entré en la casa pensando en esconderme y allí vi a...

– ¿Alejandro? –ayudó Bermúdez que no iba a perdonar fácilmente la brusca interrupción de su tranquila guardia de sábado.

Becky, con las mejillas encendidas y sin dejar de temblar, asintió con la cabeza y luego añadió:

–Alex estaba caído tras un montón de escombros, me agaché y lo toqué, pero no... no...

– ¿Viste a alguien salir de allí cuando te acercabas? –el sargento quería ir al grano. No tenía ganas de escuchar historias.

–No –ahora no solo le tembló la voz, también se le quebró.

– ¿Alguna cosa que llamara tu atención? –era el agente López quien ahora preguntaba. Becky le miró y se quedó colgada

---

16. Calificativo coloquial que en España se usa para referirse a los miembros de la Guardia Civil

de sus ojos verdes. No solo era más joven, sino que además estaba más bueno. Al reparar en sus pensamientos, se sintió fatal. No conocía demasiado a Alex, solo compartían instituto, pero no era momento para mirar a un tío macizo.

– ¿Me has oído? –el guardia intentó hacerla aterrizar–. ¿Papeles, pisadas, olor a tabaco...? ¿No viste ni oliste nada que te resultara llamativo?

– ¿Eh? –aterrizó–. No, no vi nada. En cuanto comprendí lo que le había ocurrido a Alex no pensé en nada más, solo en salir corriendo de allí.

– ¿Ninguno de vosotros vio nada que pueda ayudarnos? – La mirada del sargento y su tono de voz parecían cargados de recriminaciones.

Todos guardaron silencio. Solo negaban con la cabeza.

Bermúdez resopló. Definitivamente no era el sábado que él había calculado.

–Supongo que sabéis que debemos teneros localizados –no era una pregunta, sino una afirmación–. En cualquier momento podemos requeriros para nuevos interrogatorios.

– ¿Acaso...? –Hugo lo pensó un poco y luego continuó– ¿Acaso somos sospechosos?

Bermúdez le miró sin parpadear. Notó que los ojos del sargento se posaban sobre su camiseta súper friki. Instintivamente se cruzó de brazos, intentando tapar la imagen del androide C3PO y la leyenda "que la fuerza te acompañe".

La voz del agente no titubeó en lo más mínimo.

–Entrasteis un puñado de tíos a jugar con las pistolitas –sostenía en su mano uno de los disparadores de pintura que había sido introducido en una bolsa de plástico– y dos de los vuestros están en el hospital, debatiéndose entre la vida y la muerte.

– ¿Entonces no han muerto? –Javián casi lo gritó. Las palabras del sargento habían sido un balón de oxígeno para todos.

–No, solo están... –el agente López quiso intervenir, pero su superior no había terminado y no estaba dispuesto a suavizar las cosas.

–Dos han sido abatidos por disparos y están en el hospital luchando por vivir, y en este maldito terreno no se ha visto a nadie más que a vosotros. ¿Entendéis?

–Esos chicos han tenido suerte de que la munición usada para abatirles fuera de un calibre pequeño y llevara una trayectoria fallida –el agente López estaba empeñado en informar y lo hizo. Esquivó la mirada furibunda de su superior que odiaba rebajarse a dar datos–. Si el individuo que disparó hubiera utilizado algo parecido a lo que escupe nuestra Beretta –señaló con la mano derecha a su arma reglamentaria–, ahora no estaríamos hablando de dos homicidios frustrados. Podéis estar seguros de que vuestros amigos estarían tocando el arpa en una nube.

Hugo agachó la cabeza sintiendo que la boca le sabía a bilis, y no era por el ketchup de la hamburguesa que habían comido antes de acudir al circuito.

–Y pensar que llevaba semanas deseando que llegara este día –lo dijo en alto sin querer.

– ¿Qué has dicho? –la voz de Bermúdez siempre sonaba recriminatoria.

–Nada, nada –la de Hugo sonaba siempre como pidiendo disculpas.

–Anotad en esta hoja vuestros nombres completos y el número de vuestro teléfono móvil –el agente guapo, mucho más amable, les extendía una hoja y un bolígrafo–. Y cualquier otro número de contacto que pueda servir para localizaros si fuera necesario.

Mientras ellos escribían, un empleado de Denver 13 facilitó a los agentes fotocopia de la documentación de todos los chavales.

20

Recostado en su cama y con sus ojos cerrados, Dick dejó que su mente saltara del momento de exaltación que ahora vivía, al horrible infierno que siempre había vivido: los médicos utilizaban términos muy raros para referirse a su enfermedad. Algo de tiroides y un montón de historias incomprensibles. Bien poco le interesaban el nombre y apellidos de su problema. Lo que le importaba era que ese mal había arruinado su vida. Y lo peor de todo era que no había nada que se pudiera hacer por remediarlo.

– ¡Toda mi vida seré un repulsivo obeso! –volvió a gritarlo como había hecho mil veces.

Se vino abajo cuando supo que todo esfuerzo era inútil. Ni vómitos, ni ayunos, ni carreras, ni pastillas... La báscula seguía escupiéndole a la cara números de tres cifras. Nada daba resultado.

Por eso una mañana abandonó la lucha y comenzó a comer con ansiedad.

En un terrible efecto péndulo, de las dietas y ayunos, se fue al otro extremo. Ahora tragaba con auténtica voracidad todo lo que se pusiera al alcance de su mano.

Ese fue el principio de un nuevo camino en su particular infierno. Otra forma de mortificarse: el atracón se convirtió en una práctica común. Tres días a la semana se encerraba en su habitación y comía sin control. No es que tuviera hambre. El apetito no era la razón de su ansia en deglutir; simplemente tragaba la comida sin ningún tipo de control. Después, cada vez sin excepción, llegaba la culpa y la vergüenza. Un sentimiento de pesar indescriptible le embargaba. Pero eso no evitaba que en la próxima ocasión volviera a comer como un auténtico animal.

Fue lo que hizo esa mañana antes de ir a Denver 13: darse un atracón de comida. ¿Cuántas calorías habría ingerido? Con toda seguridad, más de quince mil.

Lo peor era que el aporte calórico nublaba su mente y le impedía razonar; el efecto era similar al que provoca el alcohol en el cerebro.

Ahora la neblina de su mente comenzaba a despejarse y caía en la cuenta de todo lo que había ocurrido en las últimas horas.

En ese momento empezaba a ver claramente los hechos...

Abrió los ojos, sobresaltado. ¿Qué le estaba pasando?

Comenzó a percibir la brutal dimensión de los actos que había cometido y las enormes consecuencias que podrían acarrearle.

Se sentó en la cama, tiritando como un pajarillo.

– ¡M...! –golpeó la cama con ambos puños–. ¿Qué he hecho? –una helada ráfaga de cordura le hizo aterrizar de golpe en la realidad– ¡He matado a dos personas!

Sus emociones, desquiciadas durante años y totalmente descompensadas, le arrastraron de la euforia a la desesperación.

Se tapó con la sábana hasta la cabeza y encogido como un ovillo lloró hasta quedarse dormido.

A la mañana siguiente bajó a desayunar, aunque apenas tenía hambre. Elena notó que algo le pasaba.

– ¿Te encuentras bien, Dick?

–Perfectamente –ni siquiera levantó la cabeza. Enterró la magdalena en el tazón de leche y la engulló entera.

– ¿Seguro que no te pasa nada? ¿Estás peor de tu rodilla? –la pregunta era innecesaria. Algo le pasaba a su hijo. Sabía también que preguntar lo mismo dos veces era arriesgado.

– ¿Quieres dejarme tranquilo? –ahora sí la miró. Sus ojos tenían la dureza del acero y su gesto desquiciado logró intimidarla–. Te he dicho que no me pasa nada. Déjame en paz.

Elena sabía que era inútil seguir insistiendo. Inútil y peligroso, así que optó por encender la televisión.

Un documental de National Geographic mostraba la extensa sabana africana. Una manada de elefantes se desplazaba lentamente, devorando toda hierba y matorral que encontraban a su paso. El locutor aportaba datos acerca de aquellos impresionantes mamíferos: "Con una altura que llega a los cuatro metros y un peso que puede superar las seis toneladas, el elefante africano es el mayor vertebrado terrestre. Gracias a su insaciable apetito...".

Dick fulminó a su madre con la mirada. "Dick no es gordo, Dick es obeso, se come un elefante y aumenta de peso...". La vieja retahíla con la que fue torturado de niño surgió de los archivos de su memoria. Arrebató a su madre el mando del televisor con violencia e hizo un recorrido por todos los canales. En uno de ellos se detuvo en seco y sus ojos se abrieron desmesuradamente.

Elena percibió la reacción de su hijo, por lo que observó con atención las imágenes que estaban ahora en pantalla, y escuchó las palabras del locutor.

En el plasma de cuarenta y dos pulgadas iban sucediéndose escenas del circuito Denver 13 mientras una voz informaba de los acontecimientos del día anterior:

–Dos personas fueron abatidas ayer –a Dick se le congeló la sangre al ver el interior de la casa semidestruida donde se había cargado al primero. La cámara aproximó descaradamente el plano a las piedras manchadas de sangre.

– ¿Conoces ese sitio? –Elena miró a Dick, que se había quedado colgado de la noticia, con la magdalena suspendida en el aire, chorreando leche sobre la mesa.

– ¿Eh? –Dick regresó–. ¡No! ¿De qué voy a conocer yo ese lugar? ¡M...! –la magdalena acababa de partirse y la mitad se precipitó en la taza de leche provocando un estropicio.

El locutor añadía detalles:

–Los dos jóvenes fueron localizados por sus amigos. Ambos seguían con vida, aunque gravemente heridos. En este momento su pronóstico es reservado. La noticia ha provocado verdadera alarma, ya que nunca se ha dado un caso parecido...

– ¿Heridos? –pensó para sí, mientras casi saltaba a causa del impacto–. Entonces no los he matado –la mente de Dick era un tornado. Su primera reacción fue de alivio, pero rápido se sintió atenazado por el pánico–. Si siguen vivos corro el riesgo de que me identifiquen. No... las gafas protectoras me cubrían casi toda la cara... Pero, las gafas eran transparentes, ¿y si me reconocen?

– ¿Estás bien, Dick? –el debate de su mente se traslucía en sus ojos.

Se giró hacia su madre y por un momento dudó sobre qué improperio dirigirle. Finalmente optó por quedarse callado, pero el mensaje que Elena leyó en las retinas de su hijo la hizo estremecer.

La locución del periodista reclamó de nuevo la atención de Dick:

–La semana pasada los gerentes de Denver 13 instalaron diez cámaras de seguridad que abarcan toda la extensión del circuito, por lo que los cuerpos y fuerzas de seguridad del estado no dudan en que el culpable será identificado. La policía judicial ha remitido las grabaciones al departamento de acústica e imagen de la Guardia Civil, donde varios agentes ya se están encargando de visualizarlas.

La frente de Dick se perló con gotas de sudor y sus manos adquirieron un repentino temblor. La flojedad en sus piernas era similar a la que sufría tras las series de quince vueltas a las que le sometía la bestia que ejercía como profesor de Educación Física en su instituto.

Lo había calculado todo. Horas de investigación le habían permitido detectar los lugares más vulnerables para acceder al circuito. Consiguió localizar todos los sistemas de seguridad y dio con la manera de burlarlos. Pero no cayó en el detalle de las malditas cámaras. La instalación de esos artilugios era demasiado reciente y aún no constaba en los archivos informáticos que él había violado.

Nunca pensó que las escenas pudieran estar siendo grabadas.

Shock, esa era la expresión que describía su estado. De repente se dio cuenta de que no podría escapar. Lo habían pillado.

Sin decir ni una palabra, empujó lentamente la silla hacia atrás y moviéndose muy despacio subió a su habitación.

– ¿Te encuentras bien?

Era la cuarta vez en esa mañana que le hacía la misma pregunta y eso siempre acarreaba consecuencias. Elena se dispuso a encajar algún insulto, pero el silencio fue la única respuesta y fue peor que el más grave de los improperios porque entonces reparó en que Dick, agarrado con esfuerzo al pasamanos, escalaba con tremenda lentitud, rumbo a su cuarto.

Supo de inmediato que no era la rodilla lo único que su hijo arrastraba.

Tardó una vida en subir los trece escalones que le separaban de su habitación.

–Trece –les dijo con absoluta determinación cuando estaban diseñando la casa–. Quiero que haya trece escalones hasta mi dormitorio.

– ¿Por qué quieres que sean trece? –le reprochó su padre, que aún vivía con ellos–. Es un número que trae mal fario.[17]

–Pues a mí me gusta –les dijo dando la discusión por zanjada–. Es mi número.

Aunque el mensaje les provocó un inmenso desasosiego, decidieron consentir.

Cuando el dormitorio de Dick se cerró con un golpe seco Elena quedó mirando la taza de leche a medio beber y la cuarta magdalena, casi intacta, reposando a su lado.

Eso sí era extraño, que Dick dejara comida era muy raro.

Algo serio ocurría.

El doctor Fabra encontró a Naty justo cuando esta salía de los aseos. Se detuvo frente a ella y cruzó los brazos, adoptando la posición de quien va a soltar una buena reprimenda, aunque su sonrisa lo desmentía.

–Señorita –le dijo, aplicando un falso enfado a sus palabras–. Me han informado de la que usted acaba de montar ahí adentro –con un movimiento de cabeza señaló a las puertas de la UCI.

–Lo siento –mantuvo la mirada en el suelo totalmente avergonzada–. Los nervios me han traicionado. De verdad que lo lamento.

17. Mala suerte.

—No te preocupes —su voz infundía tranquilidad—. Pero eso confirma que necesitas descansar y debes irte a casa ahora mismo.

Fabra se había sentido impresionado desde el primer momento en que la vio. La madurez de Naty lo tenía perplejo. Al principio dudó sobre su capacidad para cuidar de Beth, pero enseguida tuvo que admitir que había visto personas mucho más adultas, pero menos maduras que esa jovencita que asumía perfectamente el papel de madre de su hermana.

— ¿Doctor, qué le ocurrió a Beth? —por muchos años que viviera nunca podría olvidar aquel cuerpo sacudiéndose en la cama—. ¿Por qué tuvo esas convulsiones?

—Creo que no es nada de lo que debas preocuparte. No obstante queremos descartar que la anorexia haya provocado en Beth daños neurológicos —el doctor buscó las palabras más asequibles para Naty—. Las personas con anorexia severa pueden sufrir daño cerebral y experimentar convulsiones, cosquilleo, pérdida de sensibilidad en las manos o los pies. En la mayoría de los casos todo regresa a la normalidad después del aumento de peso, pero existe evidencia de que algún daño puede ser permanente —quiso poner un punto de equilibrio en su larguísima explicación, y entonces añadió—; yo me inclino por opciones más sencillas, los niveles de azúcar en Beth eran inexistentes, eso de por sí la convertía en firme candidata para un infarto, pero la desnutrición que presentaba hacía que también sus reservas de sodio y potasio estuvieran bajo mínimos, lo que puede provocar convulsiones. Lo cierto es que esos espasmos son mucho más escandalosos que peligrosos, pero ahora está estabilizada. Lo único es que teníamos previsto subirla a planta en las próximas horas y este incidente lo retrasará un poco.

La mención a la desnutrición de Beth hizo que la mente de Naty reprodujera algunas escenas: vio a su hermana mordisqueando una rama de apio, esparciendo la comida con el tenedor, acudiendo al baño en medio de la comida...

Miró a los ojos del médico un instante, buscando la confirmación de que podía confiar en él.

–Doctor, ¿por qué ha hecho esto mi hermana? ¿Por qué somos tan ingenuas e imbéciles? ¿Por qué pensamos que para ser atractivas tenemos que dejar de comer? –Ante el silencio reflexivo de Fabra, Naty aventuró una opinión–; la dichosa adolescencia ¿verdad?

–Toda la culpa no es de la adolescencia –el doctor negó lentamente, llevando su barbilla casi de hombro a hombro. Luego comenzó a hablar con inusitada firmeza–. Aunque te parezca increíble, el cuarenta por ciento de las niñas de nueve y diez años están tratando de perder peso por recomendación expresa de sus madres. Lo que hay que preguntarse es por qué los productores de publicidad son tan miserables y mezquinos como para vincular el éxito en la vida a un cuerpo "perfecto". Eso destruye la frágil autoestima del adolescente –se detuvo un instante, pero solo para coger aire. Luego continuó–: ¿Por qué los diseñadores y creadores de moda se alían con esa espiral de destrucción, haciendo que lo que ayer era una talla treinta y seis hoy se llame treinta y ocho, y generando de ese modo la ansiedad de una gordura fingida, irreal e inexistente?

El doctor vio la sorpresa dibujada en el rostro de Naty.

– ¿Te parece desmedida mi reacción?

–No, solo que estoy acostumbrada a verle siempre tan calmado que pensé que nada era capaz de ponerle nervioso.

El doctor se encaminó a su despacho y con un movimiento de mano invitó a Naty a que le siguiera. Una vez dentro rebuscó entre sus documentos.

Lee esto –Fabra había sacado de entre el enorme caos de su mesa una pequeña caja, de cuyo interior extrajo un papel.

Naty desdobló la hoja que estaba plegada en cuatro partes y leyó las frases sueltas que allí estaban escritas.

> *Me odio. En estos momentos estoy con unas ganas de pegarme un tiro en medio de la cabeza... siento que nunca voy a poder ser flaca. Soy una gorda de m…, me odio... soy un desastre.*

Una anotación con bolígrafo rojo, probablemente del doctor Fabra, indicaba que la autoría de la frase correspondía a una tal Ángela, de once años de edad.

Aquellas líneas tuvieron en Naty el efecto de una ráfaga de aire helado. No obstante, se aventuró a leer la segunda.

> *Soy una maldita marrana, no paro de comer. Al menos encontré la llave de la caja fuerte en donde mi madre guarda los medicamentos y me robé cuatro pastillas laxantes extra-fuertes. Esto no puede seguir así... lo juro por mi vida que esto no seguirá así porque si no, sería seguir muerta en vida. ¡Me odio... Dios, cómo me odio!*

La anotación en rojo se refería esta vez a Mirta, de trece años.

– ¡Dios mío! –Naty dobló la hoja negándose a seguir con la lectura.

–Hay decenas de frases como esas y ninguna fue escrita por personas adultas –aclaró Fabra–. Los padres de mis pacientes de entre diez y quince años me las entregaron después de captarlas en los historiales de conversación que sus hijas mantenían en Internet.

Naty seguía muda. No sabía qué decir ni sentía deseos de pronunciar palabra.

–Perdóname, Naty, no debería haberte implicado tanto en esto, pero cuando uno ve a diario niñas con doce, trece y catorce años que parecen esqueletos andantes, por más que quieras pasar de ello, termina minándote.

El doctor la miró con fijeza y reparó en la sombra que rodeaba sus ojos y en el agotamiento que se traslucía en su gesto.

–Debes irte a casa y descansar. Aquí no haces nada por Beth, pero en los próximos días tu hermana te necesitará muy cerca. Es mejor que aproveches ahora y te repongas.

Naty decidió hacer caso al doctor. Lo cierto es que se sentía al límite de sus fuerzas.

Subió al ascensor y pulsó la planta cero. Mientras la cabina descendía, se miró al espejo y tomó la firme decisión de que al día siguiente se maquillaría a conciencia antes de regresar al hospital.

El ascensor se detuvo y ella salió deprisa.

– ¡Naty!

Se giró al escuchar su nombre.

– ¡Hugo, Javián! –allí estaban sus amigos–. ¡Qué sorpresa! ¿Dónde están los otros?

Le extrañó que no respondieran. La miraban con estupor y a Naty le pareció que temblaban.

– ¿Qué os pasa? –estaba empezando a asustarse.

Naty no comprendía qué podía haber ocurrido, pero en el rostro de sus amigos vio la cara del miedo.

22

En cuanto el golpe seco de la puerta anunció que Dick había reanudado su encierro, Elena cogió el teléfono inalámbrico y marcó el número de Fran, mientras llevaba las tazas sucias a la cocina.

– ¡Hola, Elena! –saludó el chico, tan simpático como de costumbre–. ¡Cuánto tiempo! ¿Cómo está Dick?

–Por eso te llamo, Fran –su voz denotaba angustia–. Creo que algo le pasa, pero ya sabes, me resulta imposible sacarle una palabra.

–Bueno, no te creas que conmigo es distinto –reconoció–. Le cuesta una barbaridad abrirse.

–Ven a verle, por favor –rogó–. Necesita tu ayuda.

–No quiero engañarte, Elena –Fran era increíblemente maduro para sus dieciocho años–, la última vez no nos despedimos muy amistosamente. Temo que no quiera verme.

–Tal vez no quiera –reconoció ella– pero lo necesita, y desesperadamente.

–Está bien –admitió–, intentaré ir mañana por la mañana.

Nada más colgar, Fran intentó desechar la idea de visitar a Dick. Lo cierto es que la última vez salió muy enfadado y de regreso a casa tomó la decisión de no volver a verle mientras no se disculpara.

–Pobre Elena –repuso, dejándose caer sobre una silla.

Apreciaba a Dick y conocía con detalle el problema que le arruinaba la vida. Tenía claro que Dick odiaba al mundo entero. Y lo más importante, conocía también la solución.

Tal vez había llegado el momento de compartir con su amigo, el secreto que solo dos personas conocían.

Se levantó y caminó nervioso por el salón. Luego se sentó de nuevo, apoyó la cabeza sobre una mano y así quedó, con la mirada fija en un punto indefinido, rememorando la historia que había cambiado su vida para siempre. El recuerdo hizo que el vello de sus brazos se erizara y un escalofrío terrible surcara su espalda.

De repente, Fran sintió urgencia por contarle todo a Dick. Respiró profundamente y tomó la decisión: al día siguiente iría a verle.

23

—¿Qué ha pasado? ¿Dónde está Ana? –Naty tuvo que zarandearles para arrancar una respuesta.

Javián fue el primero en reaccionar.

–Alex y Ana no están bien –eso fue todo. Luego guardó silencio.

– ¿Qué les ha pasado? ¡Por Dios! Hugo, Javián, ¿qué ocurre?

–Les han disparado –Hugo lo soltó por fin, y las emociones acumuladas impregnaron sus palabras. Sacudía ambas manos con los puños apretados–. Alguien disparó sobre Ana y Alex durante el combate de *paintball*...

– ¿Que les han disparado? –Naty no comprendía–. Pero de eso trata esa historia, ¿no? De disparar con pintura...

–No, Naty. ¿No lo entiendes? –Javián intentó aclararlo, pero no perdió el gesto de estupefacción que parecía haber quedado cincelado en su rostro–. No ha sido con pintura... les han disparado con balas.

– ¿Quééé? –Naty no daba crédito a lo que escuchaba. Ana, su amiga del alma, y Alex, tiroteados–. ¿Cómo están? ¿Dónde están? –con sus manos se aferró a los brazos de sus amigos, y apretaba con todas sus fuerzas–. ¿Quién les ha disparado? ¿Por qué lo hicieron? –quería saberlo todo, pero Hugo y Javián no tenían ninguna respuesta. Ellos mismos eran tan solo un cúmulo de preguntas.

–No lo sé, Naty –Hugo levantó las manos con las palmas hacia arriba–. No tengo ni idea de quién pudo dispararles, ni por qué... la poli también está despistada. Fíjate que hasta sospecha de nosotros.

–Pero, ¿qué dices? –Naty alucinaba–. ¿Cómo pueden sospechar de vosotros?

Tras el *shock* inicial valoraron qué hacer.

– ¿Podemos ver a Beth? –preguntó Javian–. ¿Qué tal está?

–Está algo mejor, pero no es posible pasar a verla –repuso con evidente cansancio. Notaba que las fuerzas le abandonaban por momentos. Llevaba cuarenta y ocho horas sin dormir y más de veinte sin comer–. Yo iba ahora a casa a descansar un poco. Si queréis acompañarme...

Optaron por ir con ella. Allí podrían meditar, tal vez planear, pero sobre todo descansar.

–No sé ni cuándo fue la última vez que comí algo –replicó Naty–. Estaría bueno que también yo termine anoréxica –lo dijo en un intento de distender el ambiente mientras conducía hacia su casa, pero nadie rió de su mal chiste.

Hugo y Javián también llevaban muchas horas en ayunas, por lo que se apuntaron a comer los huevos revueltos con salchichas que Naty estaba preparando.

Mientras ella se empleaba en la cocina, ellos encendieron el televisor.

–Vaya bodrio[18] –dijo Javián–. Un programa del corazón.

– ¡Espera! –un titular escrito al pie de la pantalla atrajo la atención de Hugo–. ¡Naty, ven! Creo que esto te interesa. Javián, sube el volumen.

–Britney Spears –decía el presentador– ha confesado a los médicos que es bulímica desde los dieciséis años. Fuentes del hospital donde se encuentra en tratamiento han confirmado que la cantante también padece un trastorno bipolar.

Naty corrió a retirar la sartén del fuego para pegarse a la pantalla. El comentarista seguía añadiendo detalles:

–Britney Spears ha informado que sufre bulimia desde los dieciséis años (ahora tiene veinticinco) y que este problema le impide llevar a cabo el tratamiento en la clínica de rehabilitación en la que es atendida de sus adicciones (drogas y alcohol). Las mismas fuentes del centro revelaron a la página Web Digital Spy que la cantante vomita la medicación que le es suministrada para controlar su enfermedad, lo que hace imposible su recuperación. Britney ha admitido que le encanta la comida basura y que ha luchado contra este *vicio* durante casi diez años, vomitando las grandes cantidades de este tipo de alimentos que ingería.

Según la cantante, se daba atracones de patatas fritas, dulces, helados, refrescos y luego sentía tantos remordimientos que se provocaba el vómito para devolver todo lo ingerido. Britney dijo que dejó este hábito cuando quedó embarazada. Los médicos del centro en el que se encuentra ingresada se han mostrado preocupados tanto por el estado en el que entró Britney al centro, con síntomas típicos del síndrome de abstinencia, como por los trastornos alimenticios de la cantante. El informante reveló que a su entrada a Promises, el mes pasado, Spears se encontraba en

18. Algo mal hecho, desordenado y de mal gusto.

condiciones *deplorables*, ya que todo su cuerpo temblaba y presentaba espasmos, así como dramáticos cambios de temperatura, por lo que se prolongó la semana de su desintoxicación.

Naty suspiró hasta casi quedarse vacía.

–Y son los ídolos de millones de jóvenes.

–Sí –Javián sacudía la cabeza–. Son las personas a las que mogollón de chicas quieren parecerse.

Los contertulios del programa seguían haciendo astillas del árbol caído de Spears, pero la mente de Naty cavilaba.

–Han mencionado la Web Digital Spy –dijo Hugo–. ¿Quieres que la consultemos?

–Estaba pensando que en el último tiempo Beth apenas se despegaba de su ordenador; siempre estaba chateando.

– ¿Sugieres que indaguemos? –Javián había adivinado sus intenciones.

– Vamos –Naty se puso delante guiándoles a la habitación de Beth.

–Bufff –Hugo suspiró aliviado al ver que el sistema informático les daba entrada libre–, menos mal, es rarísimo, pero no tiene contraseña de acceso.

Lo primero que hicieron fue consultar el historial de navegación y de inmediato aparecieron las páginas que Beth había visitado últimamente. Los nombres no dejaban lugar a dudas: www.princesasdeporcelana.es; www.chicasdealambre.com; www.gordaigualamonstruo.org

Naty tembló mientras las abría una a una.

Reparó en dos nombres que se repetían constantemente:

–Esas tipas, Ana y Mía, aparecen por todos lados. ¿Quiénes serán?

–No se trata de personas –aclaró Hugo–. Son abreviaturas en clave. Ana es la síntesis de Anorexia Nerviosa y Mía corresponde a las últimas letras de Bulimia. ¿Ves? –señaló una frase y la leyó en alto–: "soy Ana desde hace tres años", es el tiempo que lleva en ese mal rollo de la anorexia. Mira esta otra: "soy Mía desde hace doce meses", hace un año que es bulímica.

– ¡Espera! –Naty había reparado en algo–. Baja el cursor un poco, ¿Qué es eso? ¿Una poesía? –lo leyó en voz alta:

El baño es mi confesionario sagrado.
Me arrodillaré ante la taza del baño cada día y
haré penitencia por mis pecados, que son muchos.
Soy culpable de querer comer.
Soy culpable por no apreciar lo que tengo y lo que soy.
Soy un huracán de emociones.
Al tirar de la cadena lavaré estos pecados,
para comenzar un nuevo mañana.
Me confesaré todos los días, si no lo hago habrá un acto de castigo.
Cortaré o castigaré mi cuerpo para purgar mi pecado.
Me esforzaré por ser perfecta y delgada como mi hermana Ana.
Apoyaré a otros como yo.
Protegeré a otras Mías del abuso.
Seré perfecta.
AMÉN.

–Me temo que es una oración –aclaró Javián con un estremecimiento–. ¡Qué fuerte! Lo del baño tiene que ver con los vómitos que se provocan.

–"Cortaré y castigaré mi cuerpo" –Hugo releyó, casi aturdido–. Se autolesionan...

–Es realmente demencial –Naty miró al suelo, junto a la mesa del ordenador. Allí mismo había encontrado el cuerpo desnudo de su hermana. Luego visualizó el momento de hacía unas horas, cuando con enfado retiró la sábana que cubría el cuerpo de Beth en el hospital. Intentó recordar si había visto alguna herida y con una leve sensación de alivio pensó que no. Ni en los brazos de Beth, ni en ninguna otra parte de su cuerpo, vio lesiones.

– ¡Eh, mirad eso! –Javián colocó el cursor en el inicio de una frase y los tres se inclinaron sobre el monitor.

"¡¡Bienvenidas, princesas, al club M.A.H.M!!
M.A.H.M. son las abreviaturas de Mía, Ana, Hambre y Muerte, un club formado por las chicas que forman el mundo de las Princesas, cuyo objetivo es ser mejores, bellas, delgadas, en una palabra, 'perfectas'.

Entre nosotras nos defendemos de ese mundo que nos margina por ser Ana y Mía, ¡nos llaman enfermas! Pero no lo somos y entre nosotras nos cuidamos.
Vamos Princesas, defendamos nuestros derechos.
Nosotras hemos elegido este estilo de vida".

–Así que esta es la basura que consumía Beth durante sus encierros –Naty se sentía enferma–. Dejadlo, ya he visto suficiente.

El Centro de Investigación y Criminalística de la Guardia Civil decidió dar prioridad máxima al caso Denver 13.

A instancias de la Policía Judicial, donde se desempeñaban el sargento Bermúdez y el agente López, las grabaciones de todas las cámaras de seguridad del Circuito de Paintball fueron remitidas al Departamento de Acústica e Imagen, adscrito al CIC (Centro de Investigación y Criminalística). Eso hizo que allí dentro se desarrollara una actividad febril. Varios técnicos llevaban horas visualizando los archivos descargados.

– ¡Aquí está! –gritó por fin el agente Roncero–. Este desgraciado ha tardado en dar la cara –se frotó los parpados con rabia. Le ardían los ojos de ver tanta tierra y árboles–, pero creo que aquí le tenemos.

– ¿Estás seguro? –Carlos Gistau, teniente al cargo del DAI (Departamento de Acústica e Imagen), se colocó detrás de Roncero mirando la pantalla.

–Creo que sí –aventuró–. Lo que se deja ver no coincide con la descripción de ninguno de los participantes inscritos.

–Rebobina –le pidió–. Y avanza muy despacio.

Las imágenes se movieron lentamente.

Sobre el monitor apareció la superficie pedregosa del circuito, decorado aquí y allá con árboles y arbustos.

– ¿Dónde está? –gruñó Gistau con impaciencia–. No te he pedido que me enseñes el Coto de Doñana.

–Un poco de paciencia, teniente. El sujeto se mueve con sigilo y hemos puesto la imagen en avance lento.

Pasados unos segundos, una sombra irrumpió en la escena, y tras la sombra hizo entrada una forma humana.

–Detenlo y aproxima la imagen –ordenó el teniente.

Se trataba de un cuerpo voluminoso que se movía muy despacio, casi reptando. En su mano izquierda empuñaba un disparador.

– ¡Qué bárbaro! –exclamó Roncero–. ¿Usted ha visto la envergadura de ese tío? Es un auténtico elefante. No sé cómo ha logrado esconderse tanto tiempo.

– ¿Das por supuesto que es un hombre?

–Sí, mi teniente –Roncero no lo dudaba–. A pesar de esa melena de león despeinado, los rasgos... los pocos rasgos –matizó– de su fisonomía que son visibles y sus ademanes, apuntan a un varón... O a una tía muy poco femenina –ironizó.

–Tiene que ser él –aseguró el teniente Gistau–. Es cierto, su complexión no coincide con la de los participantes identificados y el uniforme que viste es diferente.

–Su rostro es irreconocible –apuntó Roncero–. Las gafas son demasiado grandes. Este desgraciado se puso el antifaz no para protegerse, sino para ocultarse.

La imagen avanzó de nuevo.

–Fíjese en la pierna derecha, teniente –el bolígrafo de Roncero se posó sobre la rodilla del individuo–. El sujeto cojea de manera evidente.

–Bien –aplaudió Gistau–. ¡Bravo por ti, Roncero! Tenemos un buen punto de partida: varón, de cabello largo, constitución física muy concreta y con una lesión en su pierna derecha. Debemos ser ágiles. Toma nota –le indicó–. Altura estimada un metro sesenta y cinco centímetros. Lo llamativo es su volumen a lo ancho, el uniforme disimula la densidad, pero solo su cabeza parece una sandía melenuda. Este tipo no pesa menos de ciento veinte kilos.

–Teniente, ¿sugiere que informemos al Grupo de Delitos Telemáticos? Bermúdez también ha pedido su colaboración.

– ¿Al GDT? –A Gistau no le hacía gracia facilitar las cosas a los de telemática. Se creían dioses. Con eso de manejar tecnologías de vanguardia eran la niña mimada del Centro de

Investigación y Criminalística–. Está bien –suspiró resignado–. Todo sea por la lucha contra el crimen. Llamaré al comandante Borrero.

—¿Estás segura de que quieres que lo dejemos ya? –Hugo miró a Naty lanzando la pregunta–. Hay un apartado en el que se archivan los historiales de conversación. En él podrías ver si Beth no ha borrado las conversaciones que mantuvo a través del chat.

–Ábrelo –dijo ella de inmediato.

–Naty, piénsalo –Javián sabía que aquello podría resultar duro para su amiga.

–Ábrelo, por favor –estaba decidida.

Se encontraron con una carpeta repleta de retazos de conversaciones:

–Soy Ana desde hace ocho meses. Me siento muy mal porque ayer comí 800 calorías.

– ¿Berlinium? –dijo Naty leyendo el pseudónimo con el que habían firmado aquel mensaje. Se rascó la cabeza y entrecerró sus ojos intentando recordar, mientras repetía la extraña palabra– Berlinium, Berlinium... ¡Claro, Berlinium!

– ¿Te suena de algo? –Hugo sintió curiosidad.

–Sí, estoy segura –y explicó–, una Navidad, cuando Beth tendría unos siete años, al terminar de escribir su carta a los reyes magos, firmó con ese seudónimo.

– ¿De verdad? –preguntó Javián.

–Mi madre le dijo: "Tú te llamas Elisabeth. ¿Por qué pones ese nombre tan raro?". A lo que Beth replicó: "Soy Berlinium", y con su dedo señaló un cuento titulado Las aventuras de Berlinium, el caballo volador.

– ¿Quieres decir que...?

–No cabe duda, se trata de Beth. Fue ella quien escribió ese mensaje –Naty volvió a leerlo, sintiendo un estremecimiento-. Soy Ana desde hace ocho meses. Me siento muy mal porque ayer comí 800 calorías.

Luego los ojos de los tres se posaron sobre las líneas escritas a continuación. Eran la respuesta de una "princesa amiga".

–Yo soy Ana desde hace cuatro, la mitad que tú. Deberías saber que ochocientas calorías son una barbaridad. Ya tendrías que estar en cuatrocientas y a partir de ahí ir bajando cada día. Pero si no eres capaz de aguantar las ganas de comer te explicaré cómo resolverlo fácilmente: en la digestión te subirán gases. Aguántate las ganas de eructar, corre al baño y abre bien la boca, saca tu lengua, introduce tus dedos lo más que puedas y oprime (no con mucha fuerza). En ese momento empezarás a babear, piensa en cosas que te den muchísimo asco (tú en bikini, por ejemplo), y ya tendrás el vómito. Si tomaste mucha agua te resultará más fácil aún. Si notas que los ácidos gástricos te queman los dedos al metértelos para vomitar, usa entonces el mango de una cuchara o el de un cepillo de dientes.

La conversación estaba fechada varios meses atrás:

– ¡Dios mío! –Naty sentía deseos de llorar–. ¿Cuánto tiempo hace que está en este infierno?

Avanzaron varias páginas hasta una fecha reciente. Allí había otro mensaje firmado por Berlinium.

Por alguna razón ahora cuando trato de purgarme no puedo traer nada. Quiero decir, literalmente estoy empujando mis dedos por mis amígdalas, pero no logro vomitar nada.

Como movida por un resorte, Naty saltó de la silla.

–Quiero llegar hasta el fondo de este asunto –comenzó a rebuscar como loca en todos los cajones–. Tiene que tener más cosas.

Enseguida sus temores comenzaron a cristalizarse. Encontró una caja metálica cerrada con un candado que Hugo no tuvo ninguna dificultad en hacer saltar. Dentro había una ingente cantidad de pastillas.

–Reductil, Xenical –leyó el nombre de los envases sin poder evitar que la voz le temblara–, Prozac...

–Todos son medicamentos que se utilizan para tratamientos adelgazantes –aclaró Javián, que leía los prospectos.

–Y por aquí hay cantidad de diuréticos y laxantes –Naty los dejó caer al suelo, como a quien le abandonan las fuerzas y no puede ya sostener nada en su mano.

Iba a cerrar el cajón cuando una libreta rosa atrajo su atención. En la portada podía leerse el enunciado: *¿Quién dijo que ser princesa iba a resultar sencillo?* A esas alturas ya había constatado que las anoréxicas y bulímicas se hacían llamar princesas, por lo que supo de inmediato que aquella libreta estaba relacionada con todo ese infierno.

– ¡Oh, no! –al ojear las páginas que su hermana había escrito, Naty se llevó una mano a la boca intentando tapar el grito–. Esto es demencial… simplemente demencial.

Las normas que debe seguir Beth para ser Ana

- Cuando te veas en el espejo repite una y otra vez en voz alta que estás gorda.
- Mira diariamente fotos de chicas súper delgadas y conviértete en una de ellas.
- No pienses en comer ni comas nada. La comida te hace gorda, cualquier tipo de comida.
- Toma tanta agua como puedas. Incluso si sientes que vas a explotar, sigue tomando.
- Ser delgada es ser bella, por lo tanto debes ser delgada y permanecer así si quieres que los demás te amen.
- La comida es tu enemigo. Puedes verla y olerla, pero nunca tocarla.
- Cuando vayas de compras pruébate ropa dos tallas más pequeñas que la tuya. Así te sentirás motivada a no comer y entrar en ellas.
- Debes pensar en comida cada segundo, cada minuto de cada hora en el día… y las formas de evitar comerla.
- Debes pesarte, es lo primero que harás cada mañana, y recordarás ese número y pensarás en él todo el día. Ese número tiene que ser mejor que el de ayer. Si no es así ayunarás todo el día.
- No debes permitir ser tentada por el enemigo (comida) y no debes permitirte caer en esa tentación. Si lo

haces debes sentirte culpable y castigarte por haber fallado.

– ¡Dios mío! –Naty sintió verdadero miedo; pero Hugo y Javián no podían ayudarla, ellos estaban igual de asustados–. ¿Dónde está metida mi hermana?

Solo leyó una página más y cada línea confirmaba sus sospechas: Beth había caído en un pozo muy profundo.

Los diez mandamientos de Beth

1. Si no estás delgada no eres atractiva.
2. Estar delgada es lo más importante.
3. Compra la ropa más pequeña, córtate el pelo, toma laxantes, muérete de hambre… lo que sea para estar más delgada.
4. No comerás sin sentirte culpable.
5. No comerás comida que engorde sin castigarte después.
6. Seré delgada a cualquier precio; es lo más importante para mí, nada más importa.
7. Los designios de la báscula son los más importantes.
8. Perder peso es bueno; engordar, malo.
9. Nunca se está lo suficientemente delgada.
10. Me dedicaré solamente a Ana. Ella estará conmigo a dondequiera que vaya, me mantendrá en línea. Nada más importa. Ella es la única que me cuida y se preocupa por mí y me entiende. La honraré y la haré sentir orgullosa.

La música de la Guerra de las Galaxias les sobresaltó. Era el móvil de Hugo.

– ¿Sí? –preguntó al descolgar–. De acuerdo. Gracias por avisarme. Iremos para allá.

Naty y Javián le interrogaron con la mirada.

–Era el padre de Alex –explicó–. La operación en la clínica salió perfecta y tanto Ana como Alex están evolucionando muy bien.

–Por fin una buena noticia –suspiró Javián.

–Me ha dicho que van a trasladarles al hospital central. Prefieren que el postoperatorio lo hagan allí.

– ¿Al central? –dijo Naty–. ¡Qué bien! El mismo donde está Beth.

El comandante Borrero llevaba un año a cargo del flamante Grupo de Delitos Telemáticos de la Guardia Civil, y se sentía orgulloso de ello.

Todos los casos relevantes pasaban por allí, y en solo doce meses el GDT había cerrado con auténtica brillantez varias operaciones importantes.

La que acuñaron como Operación Hispahack, logró que su nombre apareciera en los medios informativos. Aquel día compró toda la prensa y la llevó con orgullo a su casa. Bueno, a su casa y al bar donde se reunía con los amigos. Borrero guardaba aquellos recortes de periódico como si fueran lingotes de oro.

El caso Hispahack se resolvió de forma magistral, capturando a cuatro intrusos informáticos que habían sustraído datos reservados a dos mil quinientos usuarios de un servidor de Internet, y no contentos con ello se dedicaron a modificar la página Web del Congreso de los Diputados e intentaron accesos no autorizados a los ordenadores de la NASA.

El último crimen resuelto por el GDT fue la Operación Diablo y Basura, en la que aprehendieron a dos individuos por corrupción de menores y pornografía infantil.

Y ahora tenían un nuevo caso entre manos. Un par de días atrás el sargento Bermúdez le había llamado:

–Comandante Borrero –le dijo–, las instalaciones informáticas de Denver 13 han sido violadas. Es seguro que lo hicieron con el objetivo de acceder al circuito y asesinar. Nos vendría bien la ayuda del GDT.

A Borrero le gustó desde el principio el caso Denver 13. Era una pena que no pudiera quedar plenamente bajo su jurisdicción y tuviera que limitarse a colaborar con la Policía Judicial.

–Un circuito de *paintball* –pensó Borrero– bolas de pintura mezcladas con munición... ¡Operación Pintura Mortal!

– ¡Menudo nombre! –gritó, chasqueando los dedos– ¡Se lo tengo que sugerir a Bermúdez!

Los títulos efectistas aportaban prestigio y quedaban muy bien en los informativos de televisión.

El comandante Borrero había aprendido que las horas inmediatas a la ejecución de un crimen eran decisivas para su resolución satisfactoria. Por eso destinó rápidamente a la flor y nata del Grupo de Delitos Telemáticos: el mejor equipo humano y los más avanzados medios técnicos fueron asignados a la Operación Pintura Mortal.

El laboratorio hervía en acción.

Casi oculto entre papeles, el teléfono del comandante sonaba con insistencia, pero él no le hacía caso. Era más importante jalear a sus subordinados.

–Tiene que haber algún rastro –insistió con firmes movimientos de mano–. Ese mal nacido habrá dejado su huella por algún lado.

Una señorita, rubia de bote, entró en el despacho. No iba uniformada; era una auxiliar administrativa.

–Comandante –señaló a la mesa de Borrero– la llamada es para usted. Es el teniente Gistau, de Acústica e Imagen.

Resopló con impaciencia y se dejó caer pesadamente sobre el mullido sillón de cuero que presidía su mesa.

Poniendo sus pies sobre la mesa, descolgó el auricular:

–Aquí Borrero, ¿cómo le va, Gistau?

–Comandante, tenemos algo importante sobre el caso de Denver 13. Hemos visualizado al sujeto –apuntó.

–Mándeme las imágenes de inmediato –le encantó el tono imperativo que había aplicado a su voz–. Ese desgraciado estará en nuestras manos muy pronto.

–De acuerdo, comandante –Gistau sintió un hormigueo de rencor. No solo no se le agradecía, sino que se le exigía. Pero, ¿quién se creía ese cretino? Tuvo que hacer un enorme esfuerzo para añadir–, le haré llegar los archivos de imagen junto con la descripción. Sugiero que el GDT lo contraste con cualquier indicio que puedan localizar por las vías informáticas.

–Tranquilo, teniente –sus palabras chorreaban prepotencia–. No necesitamos consejos. Sabemos cómo manejar estas crisis.

Gistau colgó maldiciendo en bajo y el comandante Borrero se volvió a los suyos.

–Venga chicos –palmeó la espalda de Sanz–. No podemos permitir que los del DAI nos saquen ventaja.

–Creo que tenemos una pista –el oficial Sanz lo dijo con prudencia–. He detectado unas entradas sospechosas.

– ¿Alguna incursión no autorizada? –preguntó Borrero.

–Exacto. Hay accesos ilegales dos días antes de los hechos, y se aprecia sustracción de datos reservados.

– ¿Origen de la intromisión? –no sonaba a pregunta, sino a orden–. ¿Desde qué maldita computadora accedieron?

–Creo que hay un hilo del que tirar y que tal vez nos lleve al ovillo.

–Lo sabía –jaleó el comandante–. No ha nacido el tipo que consiga un crimen perfecto y para eso está el GDT: para impedir que nazca.

27

Aunque el tiempo en un hospital se ralentiza, lo cierto es que los días pasaron rápido y pronto la situación había cambiado notablemente.

Beth se encontraba estabilizada y en una habitación. Por su parte, las intervenciones de Ana y Alex no podían haber ido mejor. Las balas no afectaron a órganos vitales; la de Ana solo rozó la corteza craneal, sin llegar a perforar el hueso, el pequeño calibre de la munición fue decisivo para la supervivencia de la chica. Un proyectil de más envergadura habría destrozado su cráneo.

En el caso de Alex, se apreciaron dos trayectorias de entrada y salida limpias, que no causaron grandes destrozos.

Ambos fueron trasladados al Hospital Central.

Aquella mañana, en un lugar de aquella residencia hospitalaria, se celebraba una reunión. Virginia y José María, padres de Ana, ocupaban dos sillas en un despacho de blanco impoluto y a todas luces nuevo. Junto a ellos estaba sentada Naty, mirando nerviosa al médico que, al otro lado de la mesa, hablaba por teléfono.

-Vengan temprano –les habían pedido al convocarles a ese encuentro.

Mientras se preguntaban cuál sería la razón de haberles reunido, los ojos de Naty recorrían los gruesos volúmenes que se apilaban en la impresionante estantería que cubría la pared, de suelo a techo.

Todos los libros estaban relacionados con la psiquiatría. El más grueso destacaba por su lomo grabado con letras doradas, *Vademécum de Neurología*. Otros títulos eran realmente incomprensibles como *Dementia, Praecox y Paranoia,* y también había alguno curioso como el titulado *Teatro de los Cerebros. El Hospital de los Locos Incurables.* Naty pensó que no le importaría leer ese libro, o tal vez el que había al lado, y cuyo título rozaba lo romántico, *Anatomía de la Melancolía.*

En la silla de al lado, José María parecía abstraído. Sus ojos estaban fijos en la estilográfica Mont Blanc que reposaba sobre un documento en el centro de la mesa.

Virginia, por su parte, suspiraba una y otra vez somatizando seguramente la preocupación que sentía por su hija.

El facultativo colgó el teléfono y todas las miradas confluyeron en él. Su cabello, muy abundante, completamente blanco y peinado a raya, daba un toque de elegancia, a la vez que le hacía parecer mayor, mientras que las gafas sin montura le conferían aspecto de intelectual.

Se puso en pie dedicándoles una sonrisa y tendiéndoles la mano.

–Buenos días, y perdonen mi descortesía de atender esta llamada. Era un caso urgente que no admitía demoras.

–No se preocupe –le disculpó José María.

–Bien –les dijo en un tono afable y sereno–, soy el doctor Filgar. Psiquiatra responsable de la Unidad de Trastornos de la Conducta Alimentaria con que cuenta este hospital. Sé que estarán preguntándose por la razón de hacerles venir.

Los tres asintieron a la vez, como activados por un resorte común, y Filgar se lanzó a develar el misterio:

–Quiero hablarles de Beth –enfocó su mirada en Naty, pero alternándola con los padres de Ana–. Estamos contentos con su evolución, y una vez que hemos aplicado las medidas terapéuticas tendentes a conservar la vida, tenemos previsto implementar las restantes medidas de apoyo, que consistirán en la reeducación nutricional y el abordaje de los conflictos psicológicos que desencadenaron en Beth las alteraciones en la conducta alimentaria –el doctor percibió el gesto de desconcierto en sus oyentes–. Discúlpenme, les estoy abrumando con términos técnicos y acabaré matándoles de aburrimiento.

Al doctor Filgar no se le escapó el gesto de asentimiento que hizo José María, confirmando que sí se sentía apabullado y de seguir por ahí les mataría de aburrimiento.

Fue Virginia, no obstante, la que intervino:

–Díganos, ¿qué tiene que ver todo esto de Beth con mi esposo y conmigo?, quiero decir –se dio cuenta de que sus palabras acusaban cierta descortesía–, me encanta estar aquí presente y deseo lo mejor para Beth, pero, ¿tiene alguna relación el caso de esa joven con el de nuestra hija?

–Ahí quería llegar –asintió el doctor Filgar, quitándose sus gafas sin montura y sosteniéndolas por una patilla. Sus ojos azules, desprotegidos sin los lentes, daban más credibilidad a sus palabras–. Miren, en esta unidad atendemos doscientas terapias individuales y ciento ochenta de grupo cada mes. La experiencia nos permite afirmar que algo determinante en la recuperación de un paciente de anorexia es que la terapia de rehabilitación se desarrolle en un entorno que le resulte amable y nada agresivo –les miró uno por uno para asegurarse de que le seguían–. Dado el desgraciado hecho de que Ana está hospitalizada, pero la afortunada coincidencia de que lo está en este centro, y que además es muy amiga de Beth, lo que quiero proponerles es que mientras ambas permanezcan aquí, puedan hacerlo en la misma habitación –hizo un silencio estratégico, valorando la primera impresión en el gesto de sus interlocutores–. No es habitual –advirtió– que dos pacientes con patologías tan distintas compartan ni siquiera planta, pero estamos seguros de que, en el caso que nos ocupa, las ventajas superarían a los inconvenientes. Bueno –volvió a colocarse las gafas y juntó sus manos en un sonoro aplauso–. He terminado mi aburridísimo discurso. ¿Cómo les suena?

La mirada de Naty expresaba alegría, la de los padres de Ana, desconcierto.

–Tenía entendido –apuntó José María– que casos como el de Beth requieren de un periodo de aislamiento en pabellones especiales.

–El tratamiento de enfermedades como la anorexia ha evolucionado mucho –aclaró el doctor, sin ocultar cierto disgusto–. Por fortuna quedan lejos los días en que estas criaturas eran llevadas al "pabellón para niños locos".

– ¡No, por Dios! –suplicó José María ruborizándose y sintiéndose abochornado–. No me entienda mal. Nunca ha pasado por mi cabeza que Beth tenga que estar encerrada...

–Solo en el caso de que la paciente se niegue a colaborar se adoptan medidas más severas, como el aislamiento. Pero tu hermana –miró a Naty con una sonrisa plácida y serena– ha colaborado desde el primer momento. Come todo lo que le llevamos y está decidida a recuperarse.

– ¿Hay algún riesgo para nuestra hija? –José María fue directo.

–Ninguno –Filgar fue rotundo. Entrelazó los dedos de las manos, se acodó sobre la mesa y apoyó su barbilla en ambos pulgares. Sin perder un ápice de serenidad, pero con total determinación, añadió–. De hecho también para Ana sería positivo compartir espacio con Beth. Supondría para ella un ambiente de mayor confianza. Ya saben, fiestas de pijama, solo que rodeadas por botes de alcohol y pócimas medicinales –sonrió con unos ojos que los lentes aumentaban de tamaño, haciéndoles confiables.

–Por mi parte –reconoció Naty– estaría muy feliz si fuera así. Aunque comprendo su preocupación –miró a los padres de su amiga.

–No les ocultaré que, sobre todo al principio, Beth podría sufrir algún episodio de nerviosismo –el doctor buscó la mirada de Virginia, mucho más amistosa que la de su marido–. Por otro lado, la habitación deberá reunir determinadas características especiales, como la de tener llave en la puerta del baño, que solo abrirán los auxiliares. Ya saben, los pacientes de bulimia y anorexia se inducen el vómito. Por lo demás, buscamos que estas terapias se hagan en un entorno confortable, habitaciones con buenos ventanales, mucha luz y las mejores vistas. Todo ello forma parte del refuerzo psicológico. Queremos que se asomen a la vida y la encuentren apetecible. De compartir habitación con ella, Ana disfrutará también de estas ventajas.

–Está bien –dijo José María, mirando a su esposa, quien asintió–. Por nuestra parte no hay inconveniente. Apreciamos mucho a Beth, y lo que realmente deseamos es que las dos salgan de aquí cuanto antes y en el mejor estado posible.

–Pueden estar seguros de que todos los medios con que cuenta este hospital están enfocados en cumplir ese objetivo –el doctor Filgar se puso en pie, tendiéndoles de nuevo la mano.

28

Aquella mañana Elena se sirvió la segunda taza de café y la acompañó con una pastilla. La jaqueca ni siquiera la dejaba ver.

Sabía perfectamente cuál era la razón de ese insoportable dolor de cabeza. Dick llevaba dos días sin salir de su habitación. Eso sí, admitía que le dejara la comida en la puerta y luego él depositaba los platos vacíos en el mismo lugar.

Fran intentó verle en dos ocasiones, pero él no consintió.

¿Qué le estaba ocurriendo a su hijo?

El timbre de la puerta hizo un ruido estridente, y en el sobresalto derramó parte del café sobre su bata rosa.

–Las nueve y cinco de la mañana –dijo extrañada mirando el reloj del salón–. ¿Quién será a estas horas? –se ajustó la bata ocultando la mancha de café y se dirigió a la puerta.

Cualquier visita le habría sorprendido menos que la de aquellos dos agentes de la Benemérita que, impecablemente uniformados, la saludaron.

–Buenos días –el que parecía mayor de los dos fue quien tomó la palabra–. Soy el Sargento Bermúdez. ¿Vive aquí Federico Ruiz?

Iba a decir que no, pues hacía años que nadie se refería a su hijo con ese nombre. Desde muy niño empezaron a llamarle Frederick y al final se quedó con Dick.

–Es mi hijo –respondió por fin–. ¿Por qué le buscan?

– ¿Está en casa?

–No –los agentes no habían contestado a su pregunta y ella optó por mentirles.

– ¿Nos permite pasar un momento?

Hizo un gesto de perplejidad. No parecía dispuesta a autorizarles.

–No serán más de cinco minutos –aseguró el más joven.

Tal vez fueron los ojos verdes de aquel "gendarme" los que la persuadieron. Se hizo a un lado franqueándoles la entrada y les invitó a tomar asiento, rezando para que a Dick no le diera por romper, precisamente ahora, su encierro voluntario.

– ¿Desean un café? –la cafetera estaba frente a ellos, por lo que no tenía más opción que ofrecérselo, pero ellos lo rechazaron.

–Pues díganme –volvió a ajustarse la bata, asegurándose de que la mancha quedaba oculta–, ¿en qué puedo ayudarles?

– ¿Sabe si su hijo estuvo el pasado sábado en el Circuito de Paintball Denver 13?

–Que si estuvo ¿dónde? –Elena arrugó el gesto. No había entendido nada. ¿En qué idioma hablaban?

–Nos referimos –tradujo el joven– a un terreno donde los chavales hacen combates con bolas de pintura.

–Puedo asegurarles que no –no había la más mínima duda en su respuesta–. Mi hijo aborrece esos juegos, entre otras cosas porque apenas puede correr. Pesa más de cien kilos, ¿entienden?

– ¿Está usted segura? –el poli viejo tenía la desconfianza por consigna.

– ¿De que mi hijo pesa más de cien kilos? –ella misma se sorprendió de la ironía tan ingeniosa, a esas horas de la mañana.

– ¿Está usted segura de que su hijo no estuvo el pasado sábado en Denver 13? –recalcó las sílabas mirando al suelo con gesto impaciente, y marcando el ritmo con la mano derecha. Quería dejar bien claro que no estaba allí para hacer un concurso de chistes.

–Completamente –Elena también marcó las sílabas. Lo hizo adrede para no mostrar inseguridad ni titubeos. No le apetecía añadir más datos, pero lo consideró conveniente. Habló mirando a los ojos verdes del agente López–. Además, esos juegos suelen llevarse a cabo en grupo, ¿no es cierto?

–Correcto –admitió López–. Eran más de veinte los chavales que competían.

–Ojala mi hijo tuviera más de un amigo o fuera reclamado para esas actividades. Nunca –lo ratificó–, jamás ha participado en una actividad de grupo.

El sargento no dejaba de mirarla con cara de sospecha mientras el joven terminaba de hacer sus anotaciones.

–Muchas gracias, señora Ruiz –Bermúdez le tendió la mano con una educación puramente reglamentaria y que quedaba opacada por su mirada suspicaz.

Señora Sánchez, si no le importa –Elena puso mucho énfasis en las palabras–. Ruiz es el apellido de mi ex. A él tampoco le gustaría que lo siguiera usando, por eso nos abandonó a mi hijo y a mí. Soy Elena Sánchez.

–Discúlpenos, Elena –lo dijo el joven, porque el viejo gruñón ya casi estaba en el coche patrulla–. Si usted o su hijo tuvieran cualquier dato nuevo, por favor, avísenos.

–Descuide, lo haré –aseguró mientras tomaba el papel con el número de teléfono que el agente le tendía.

¿Será su número privado?, –se descubrió pensando. Se había quedado encandilada con los ojos de aquel chico uniformado, pero el romanticismo se rompió de inmediato, cuando cayó en la cuenta de que la guardia civil había estado allí, buscando a su hijo

–¡Qué bien! –gritó Beth cuando vio entrar en la habitación la cama en la que traían a su amiga Ana–. Esto va a parecer un campamento de verano.

–Espero que sí –comentó la celadora ajustando la cama de Ana en su lugar y pisando el freno de seguridad–. Cuanto más contentas estéis más rápido os recuperaréis.

– ¿Y eso? –preguntó extrañada Ana cuando la auxiliar cerró con llave la puerta del baño antes de marcharse–. ¿Y si necesitamos usarlo?

–Solo tenéis que llamarme y vendré enseguida. Es pura precaución –sonrió la mujer mirando a Beth y guiñándole un ojo.

–Es por mi culpa –reconoció Beth, adoptando un gesto de niña mala–. Quieren asegurarse de que no entro allí a vomitar. Ya sabes, tendrás que hacer de poli cada vez que pase al baño.

– ¡Eso está hecho! –rió Ana–. Siempre quise ser policía.

–Pues a mí siempre me han gustado las películas de buenos y malos, lo que pasa es que me identifico más con los malos.

– ¡Oye! –exclamó Ana recorriendo el cuarto con su vista–. ¡Vaya habitación más chula!

– ¿Te gusta? –presumió Beth como si estuviera enseñando su casa–. Veinticinco metros cuadrados, baño completo, aunque cerrado –rió–, e impresionantes vistas a Les Champs-Élysées. Pero, ¿de qué te sorprendes? ¿Esperabas menos del hotel Ritz?

Las dos rieron dejándose caer de espaldas sobre sus camas.

El Nissan Terrano de la Guardia Civil seguía parado cerca de la casa de Elena aunque fuera de su vista, pues era necesario evitar que el coche alertara al sospechoso de la presencia policial. Los dos agentes se habían subido al vehículo después de entrevistarse con la madre de Dick.

–Sargento –López no introdujo las llaves de contacto, sino que miró a su superior–, ¿está seguro de que estamos en el camino? Esa mujer parece cargada de razón.

– ¿Qué te pasa, López? –aflautó la voz–. ¿Te da pena la mamá?

–No, sargento –le desquiciaba el sarcasmo de Bermúdez. Si no fuera su superior...–. Solo pregunto si hay pruebas suficientes para intervenir.

–Mira –el sargento abrió su portafolios–. El DAI aportó un informe en el que incluye casi un *book*[19] de nuestro sujeto.

–Pero, en todo caso, *su* sujeto –enfatizó el pronombre posesivo– iba tapado hasta las cejas.

–El informe de Acústica e Imagen –la osadía de López había desconcertado al sargento y los ojos de Bermúdez casi dispara-

19. Nota del autor: Palabra inglesa de uso generalizado que se refiere a un amplio reportaje fotográfico. Se utiliza, fundamentalmente, en el mundo de la moda. En este caso indica que se dispone de suficientes imágenes del sospechoso.

ban munición 9 milímetros parabellum– incluye rasgos determinantes: obesidad, estatura aproximada y lesión evidente en rodilla derecha. Si consultamos lo remitido por el Grupo de Delitos Telemáticos –agitó dos folios muy cerca de la cara de López–, tenemos la captación de intromisiones informáticas a las que han puesto dirección de origen, que, *casualmente* –aplicó todo el énfasis posible a esa última palabra–, coincide con la vivienda de la que acabamos de salir –plegó esas hojas y abrió otra–. Las pesquisas hospitalarias nos han proporcionado un historial clínico muy interesante: varón, gordo como un elefante, que a causa de su cojera en la rodilla derecha –recalcó este último detalle–, en el último tiempo ha recibido varias infiltraciones.

El agente López suspiró, resignado, y arrancó el vehículo. Odiaba que el sargento siempre tuviera razón. Pero su superior no había terminado, por lo que puso su mano sobre el hombro de López, impidiéndole que moviera el coche.

–Todo coincide dentro del mismo perímetro geográfico, y cuando indagamos en la ficha, descubrimos que se trata de un tipo con una inteligencia privilegiada y que ha recibido títulos y méritos de todo tipo, casi siempre relacionados con la informática.

Ahora le hizo una señal para que iniciara el viaje.

–No obstante, tienes razón en que todavía no lo tenemos todo. Nos falta alguna pieza del rompecabezas –Bermúdez no quería destruir todos los puentes con su subordinado y notó que la pequeña concesión surtía efecto.

– ¿Piensa solicitar una orden de registro? –el gesto del agente se había suavizado.

–Por supuesto, chaval, habrá que revolver la guarida e intervenir todo el material informático –palmeó el hombro de López–. Es tiempo de esperar. Revolotearemos sobre la presa sin perderla de vista.

El último mazazo para Dick había sido la visita de la Guardia Civil. Estaba seguro: acabar en la cárcel era solo cuestión de tiempo.

Su mente era un turbión de pensamientos, todos ellos negativos. Se vio encerrado en la cárcel, acosado y torturado por los presos. Calculó mil planes para esquivar la red que tendían a su alrededor, pero todos presentaban fallos. Su mente estaba bloqueada y sus emociones desquiciadas.

Solo se le ocurrió una estrategia que le pareció infalible para burlar a la justicia: –Si no quieres que te cacen –pensó–, cázate tú mismo.

Cuando llegó la noche lo tenía decidido.

En su última depresión, por ser más fuerte que las anteriores, le habían recetado medicamentos muy potentes. Ahora sostenía el envase en su mano, acariciándolo casi con ternura.

Recorrió la superficie recreándose en las muescas del tapón. ¡Cuántas veces había soñado con que otra mano acariciase la suya, igual que ahora hacía él con ese envase! Una mano amiga, una mano abierta.

Abierta, como estaba ahora ese frasco de pastillas...

Se tumbó en la cama intentando relajarse. Con un poco de suerte todo sería como un sueño. Un dulce sueño exento de dolor.

Había calculado varias veces los síntomas de la sobredosis por sedantes y no resultaban demasiado incómodos. El ritmo de la respiración se iría reduciendo hasta sumirle en la inconsciencia y luego la frecuencia cardiaca perdería velocidad hasta que el corazón se detuviera.

Dos gruesas lágrimas asomaron a sus ojos mientras reflexionaba. ¿Serían suficientes dieciocho pastillas? Una por cada año de infierno que llevaba vivido.

Cerró sus ojos y las dos lágrimas, como dos goterones de lluvia, se precipitaron, rodando por sus mejillas.

En ese preciso instante sonó el teléfono.

Dick se sacudió con el sobresalto y las pastillas rodaron por el suelo. Miró con recelo al aparato que bramaba sobre la mesita de noche. Él se resistía a descolgarlo y el teléfono se negaba a enmudecer.

¿Por qué no lo descolgaba su madre?

– ¡Maldita sea! Ya se ha ido otra vez.

Finalmente tomó el auricular muy lentamente y lo acercó a su oído, guardando silencio.

– ¡Dick! ¿Estás ahí? –interrogó una voz.

Tras una larga pausa, contestó:

–Sí, soy yo. ¿Quién llama?

–Hola Dick. Soy Fran. ¿Qué es de tu vida, tío? Hace días que intento verte y no lo consigo.

Dick guardó silencio; no eran dos lágrimas las que surcaban ahora sus mejillas. La pregunta de su colega –su único colega–, le supo a despedida e hizo que toda su amargura se licuara y fluyera, en dos ríos, de sus ojos.

–Dick, tío, ¿te pasa algo? –interrogó Fran.

No hubo respuesta.

Dick había colgado el teléfono.

Fran se quedó mirando el auricular con sorpresa y preocupación.

Dick cayó de espaldas sobre el colchón y quedó mirando al techo, luego enfocó sus ojos al suelo... a las pastillas que habían rodado por el suelo.

Fran sintió urgencia de hablar con él. Volvió a marcar, el teléfono sonaba, pero nadie lo descolgaba. Insistió varias veces, pero fue inútil.

Dick seguía sobre la cama. Cerca de su cabeza el teléfono emitía su sonido desquiciante, pero a él no parecía molestarle. Mantenía sus ojos fijos en el techo.

Ya no miraba al suelo.

Ya no quedaban pastillas allí abajo. Y el techo de su habitación se asemejaba a una bruma incierta, en medio del mortífero sopor que le envolvía.

32

—¡Buenos días, chicas! –Alex irrumpió con su alegría contagiosa–. ¿Cómo están mis enfermas favoritas?

Su habitación estaba una planta más abajo y le habían dado permiso para visitarlas. Todos entendían que la mejor terapia para Beth era estar acompañada.

– ¡Qué guapo estás con ese pijama tan chulo! –rió Naty.

– ¿Guapo? En mi vida me he puesto nada tan ridículo. Les he pedido permiso para ponerme mis Levi's y mi Tommy, pero los muy bordes[20] no me dejan.

Ana no era capaz de evitar sentir hormigueo en el estómago cuando le veía, y las palabras se le enganchaban. A él le ocurría lo mismo, pero sabía disimularlo mejor. Era más que evidente que entre ellos había más cosas en común que el haber sido tiroteados.

– ¿Sigues sin compañero de habitación? –le preguntó Beth.

20. Antipáticos.

–Sí, aunque creo que por poco tiempo. Me han comentado que pronto la ocuparán. No me importa, con tal de que mi compañero no ronque...

Tras un breve silencio miró a Ana, quien se mantenía en silencio, mirando la escena con cara de flipada.

– ¿Quieres dar un paseo?

Ella asintió poniéndose roja desde la raíz de su cabello.

– ¿Nos acompañas? –le dijo Alex a Beth.

La mirada que Ana le dedicó a su amiga parecía sentenciar: "ni se te ocurra decir que sí".

–No –dijo Beth sonriendo–, no me apetece caminar.

Los tortolitos salieron al pasillo y ella se aproximó al enorme ventanal de la habitación. Daba justo a los cuidados jardines de la residencia hospitalaria. También eso respondía a su proceso de cura: un amplio mirador por el que asomarse a la vida y recapacitar en lo absurdo de tirarla por la borda, negándose a comer.

Respiró profundamente sintiendo algo próximo a la felicidad. Todavía estaba impactada por lo cerca que había estado de la muerte. Afortunadamente su recuperación estaba resultando prodigiosa. Ya tenía fuerzas, incluso, para dar cortos paseos.

Cuando estaba a punto de girarse y regresar a la cama, cayó en la cuenta de que su imagen se reflejaba en el cristal de la ventana. Aunque su aspecto había mejorado en los últimos días, su rostro seguía acusando la desnutrición. Realmente tenía mal aspecto. Lo peor era que nunca tuvo la sensación de haber sido atractiva, y probablemente nunca la tuviera; por ese motivo casi sentía pánico de los chicos. Quitando a sus amigos, no se atrevía a hablar con ningún otro. Albergaba la secreta convicción de que jamás tendría novio porque nadie la encontraría guapa. Envidió a su amiga que en ese momento paseaba con Alex.

Debió estar mucho rato mirando a los jardines, porque Ana regresó.

– ¡Qué colorada estás! –se rió Beth, intentando ocultar su desánimo–. ¿Tanto calor hace allí fuera o estás roja por otra razón?

– ¡No seas tonta! –se quejó subiendo a la cama–. Volvamos a nuestro refugio. Dentro de poco traerán la merienda. Y a comérselo todo, ¿eh? –recalcó la orden con su dedo índice apuntando a la cara de Beth.

Esta se sentó sobre su cama. Con sus brazos se abrazó las rodillas, y sobre ellas apoyó la barbilla.

–Alex te gusta mucho, ¿verdad? –lo dijo mirándole a la cara, pero con un dejo de tristeza en la voz.

– ¡Estoy coladísima por él! –Ana apretó los puños y los sacudió en el aire–. ¡Me gusta muchísimo!

–Yo creo que a él también le gustas –ahora Beth sonrió–. No hay más que observar cómo te mira. Está enamorado hasta los huesos.

– ¿De verdad? –Ana suplicaba con la mirada–. ¿Tú crees que está por mí?

–Estoy segura.

Ana observó a Beth y se dio cuenta de que algo le pasaba.

– ¿Qué te ocurre, Beth? –bajó de su cama y se sentó junto a su amiga–. Te noto triste.

– ¿Has besado alguna vez a un chico? –lo preguntó levantando la cabeza sorpresivamente y mirando a los ojos de Ana.

Bueno... –no sabía cómo salir de esta–. La verdad –dudó durante unos segundos hasta que decidió sincerarse–, sí, un par de veces.

– ¿Has besado a Alex? –Beth seguía sometiéndola a un tercer grado.

– ¡No! ¡Qué va! –volvió a ponerse colorada–. Lo de Alex es distinto, aun no le he besado. Besé a un par de chicos del instituto, y fue hace tiempo. Hoy me arrepiento de haberlo hecho. No sentí nada... bueno sí, un poco de asco. Lo hice casi como un juego, pero cuando el tío metió su lengua en mí, casi me dieron arcadas, así que me retiré y me marché sin decirle adiós. La verdad es que a algunos tíos les gusta correr mucho, y yo creo que esto debe ser... creo que es mejor ir... –se detuvo buscando las palabras.

– ¿Más despacio? –ayudó Beth.

–Eso es –afirmó Ana–. Creo que si una sabe esperar la historia saldrá mejor. Con Alex no quiero correr, me parece algo muy bonito como para estropearlo por las prisas. Creo que cuando le bese será algo muy especial. Por cierto –Ana tocó el hombro de su amiga y la miró directamente–. ¿Por qué me has preguntado si besé a alguien?

–Yo nunca he besado a un chico –bajó la mirada, posándola en sus zapatillas rosas de *Hello Kitty*– y creo que nunca lo haré...

– ¡Que nunca besarás a un chico?

–Ningún chico querrá besarme.

–Tú alucinas, tía –la voz de Ana mostró enfado–. No digas tonterías. Beth, tú eres la más guapa de nuestro grupo, siempre me lo pareciste –le dio un golpe suave en el hombro–. Tienes una facilidad enorme para resultar atractiva, así que deja de decir tonterías. En cuanto te recuperes y salgas de aquí ya puede temblar la población femenina, porque la tía más competitiva estará en el mercado.

La puerta se abrió y una sonriente enfermera pasó con una bandeja en cada mano.

–La merienda está lista, chicas –miró a Beth con una sonrisa–. ¡A comérselo todo!

Ana dio una palmada en la espalda de su amiga, saltando al suelo y regresando a su cama.

–Ya lo has oído –le dijo–. ¡A comértelo todo, que en cuanto te pongas buena los chicos se pelearán por ti!

–No seas tonta –Beth agachó la cabeza un poco ruborizada.

–Que sí, tía –Ana no dudaba lo más mínimo–, estoy segura de que has vuelto loquito a más de uno –se detuvo y adoptó un tono muy serio, mirando a Beth. Solo una cosa...

– ¿Qué? –Beth también la miró con seriedad.

–A Alex ni tocarle –Ana puso un dedo en su garganta y lo movió de derecha a izquierda, como cortando el cuello. Luego apuntó directamente a Beth con ese dedo y repitió–. ¡Ni tocarle!

– ¡Qué tonta eres! –rió con ganas–. Descuida, te lo dejo enterito para ti.

–Muy bien, pues venga –cogió el paquete de galletas y lo abrió–, a comérselo todo.

–Sí, me lo comeré todo. No quiero volver a caer –y lo repitió muy angustiada–. No quiero volver a ese pozo negro y sin fondo.

Ana la contemplaba con compasión.

–Debió ser un verdadero infierno, ¿verdad?

–No te lo puedes imaginar –se estremecía al recordar–, creo que toda mi vida he estado obsesionada con el peso. A los once años me pareció que tenía un par de kilos de más y empecé a hacer régimen. Todavía era una niña, pero ya supe lo que era pasar hambre para adelgazar. En los recreos del colegio, mientras los demás niños disfrutaban de un bocadillo o un dulce, yo comía una zanahoria o una rama de apio, o no comía nada. Allí empecé y ya nunca paré. Hasta esta última crisis.

–Ha sido la más fuerte, ¿verdad? –adivinó Ana.

Se levantó de nuevo de su cama para acercarse a Beth y con ternura acarició su cabello.

–Estuve a punto de morir. Mira –señaló su torso para explicar–, es posible contar todos mis huesos. Nunca he tenido mucho pecho –casi sonrió al decirlo–, pero ahora lo he perdido completamente. Mi piel está seca y el cabello se me cae a montones.

–Pero –había algo que Ana no llegaba a comprender–, ¿Naty no lo notaba?

–No podía notarlo –aclaró–. Yo la evitaba tanto que había días en que apenas me veía. Ella sufría intentando romper la distancia, pero yo se lo impedía. Tenía prohibido entrar a mi habitación, y en el último año nunca me vio sin ropa, hasta el día en que me encontró desvanecida. Me convertí en una estrella del camuflaje. Con mi forma de vestir ocultaba mi delgadez y el peinado y el maquillaje se ocupaban de disimular lo que la ropa no tapaba.

–Pero, tía –y esto era lo otro que Ana no entendía–, estando tan delgada, ¿no te veías fea?

–Ana, yo me veía como un monstruo... y eso es lo que era. Mira mis dedos, ahora están empezando a salirme las uñas, pero, a fuerza de meterme los dedos, las perdí completamente por los ácidos del estómago. Mira mis dientes –mostró sus encías descarnadas. Quemadas también por los ácidos estomacales y sus piezas dentales sin esmalte–. Prefería verme como un monstruo, antes que verme gorda. No me importaba estar destrozada por la anorexia o bulimia... era mucho peor estar gorda.

Ana había regresado a su cama. Se olvidó de su leche con galletas. Tumbada y apoyada sobre uno de sus brazos, miraba y escuchaba sobrecogida. Beth se dejó caer de lado y también se apoyó sobre su brazo, mirando a Ana.

– ¿Quién dijo que ser una princesa resultara fácil?

– ¿Qué?

–Era nuestro lema –explicó Beth–: "¿Quién dijo que ser una princesa resultara fácil?". Es el lema de miles de chicas que viven para ser princesas y están dispuestas a morir por lograrlo.

Se hizo un silencio entre ambas.

–Ana.

– ¿Sí?

–Siento mucho lo que te ha pasado, pero me alegro de que estés a mi lado –sonrió, y Ana pudo ver en su rostro el color de la sinceridad–. Gracias por ser mi amiga.

Ana devolvió la sonrisa y juntó tres galletas, sumergiéndolas en la leche. Con la otra mano apuntó al tazón que reposaba junto a la cama de Beth e hizo un gesto elocuente con la mirada.

Beth, obediente, sumergió también sus galletas en la taza.

33

Esa mañana Naty decidió pasear por el hospital. No era lo mismo que hacerlo por un parque, pero ya era mucho. Después de los días de inmovilidad, primero frente a la UCI y luego a la cabecera de la cama de su hermana, poder recorrer los pasillos del hospital tenía sabor a libertad. La presencia de Ana junto a Beth suponía para ella una gran tranquilidad.

– ¡La UCI! –se dijo sorprendida al encontrarse frente a las puertas que tan familiares le resultaban. Rió ella sola como una tonta–. Al final he vuelto al lugar de siempre.

Pero se dio cuenta de que era distinto, con Beth en pleno proceso de recuperación y sus amigos mejorando cada día, su estado de ánimo no tenía nada que ver con el que tuvo durante las horas de angustia que había pasado en esa antesala de la muerte.

De pronto percibió un alboroto enorme en los pasillos y vio cómo de los ascensores sacaban una camilla en la que llevaban a un chico muy grueso. El gesto del personal que lo transportaba no fue nada halagüeño. La mirada del doctor denotaba preocupación y Naty pudo percibir, incluso, un leve gesto de negación en la cabeza de la enfermera que sostenía la botella de la que goteaba suero hacia la vena de aquel chico.

Espere fuera, por favor –habían pedido a la pobre mujer que intentó entrar, aferrándose a la camilla de, seguramente, su hijo–, le diremos algo en cuanto tengamos noticias.

Allí se sentó y enterró su rostro entre las manos.

A Naty le pareció que aquella escena era casi idéntica al episodio de unos días antes, cuando fue su hermana, Beth, quien cruzaba esas mismas puertas.

Miró con compasión a la mujer que seguía con el rostro escondido entre sus manos.

–Ten confianza –le dijo–, verás como todo sale bien.

Ella levantó el rostro y miró sorprendida, como si acabara de regresar de un largo viaje y viera de repente a un extraño.

Sus ojos se encontraron y la desconocida, finalmente, rompió el silencio:

–Espero que pronto me digan algo de mi hijo. No sé cuánto tiempo más podré aguantar.

La voz de Naty, respondiendo, fue casi un susurro:

–Es lo que nos queda aquí: esperar... esperar y confiar.

–Perdona, no me he presentado, me llamo Elena

–Yo soy Natalia –alargó la mano y estrechó la de Elena–, pero puedes llamarme Naty, todos me llaman así.

–Naty –asintió con la cabeza–. Me gusta como suena.

– ¿Así que eres la madre de ese chico tan... tan...?

–Sí –interrumpió Elena para evitarle el apuro–. De ese chico tan grueso. Dick, así se llama.

Naty iba a preguntar por la causa del ingreso, pero no fue necesario.

–Mi hijo ha intentado suicidarse –miraba al suelo como avergonzada–. Aunque viva mil años nunca podré olvidar la imagen de Dick, tendido sobre la cama, con los ojos vidriosos, fijos en el techo. Ni su silencio cuando le llamé, ni sus manos heladas.

–Ha debido ser terrible –se solidarizó Naty.

–Al recostarme en su pecho solo pude percibir un levísimo latido y apenas respiraba –cerró los ojos reviviendo la escena–. ¡Qué angustiosa fue la espera de la ambulancia! Logré mantenerle vivo a base de respiración boca a boca y mediante una torpe reanimación cardiopulmonar.

– ¿Por qué lo ha hecho? ¿Crees que tenía alguna razón para querer quitarse la vida?

–Dick padecía –se dio cuenta de que estaba hablando en pasado, pero su hijo respiraba, y si respiraba es que estaba vivo–, quiero decir, padece un problema alimentario. Los profesionales lo denominan "Trastorno por Atracón", menudo nombre –explicó Elena intentando esbozar una sonrisa, que resultó en una mueca patética y sobrecogedora–. Casi suena a risa, pero lo que produce son lágrimas. Muchas y muy amargas.

–Nunca había oído de esa enfermedad –confesó Naty.

–No es un trastorno muy frecuente. Por lo visto solo lo padece el cinco por ciento de la población.... –tras unos segundos de silencio, Elena sentenció– solo el cinco por ciento, y le ha tocado a Dick... Es un trastorno desolador. En cada episodio la persona ingiere enormes cantidades de comida –miró fijamente a Naty captando su atención, y también su compasión–. En uno de esos atracones, Dick podía llegar a tomar hasta veinte mil calorías en dos horas. ¿Te das cuenta? Es la cantidad que cualquier persona precisa en más de medio mes.

Naty asintió con un gesto de comprensión y cariño. Cambió de asiento para estar más cerca de ella y tomó su mano, manteniéndose un rato en silencio.

Un ruido de pasos interrumpió la conversación.

– ¡Hola, Elena!

Naty miró al chico rubio que acababa de llegar.

–He venido en cuanto supe lo de Dick –se le veía sinceramente preocupado–. ¿Cómo está? ¿Te han dicho algo?

–Aún no sé nada, Fran –le invitó a sentarse, y el chico lo hizo a su lado. Y me temo que no sabremos nada en un buen rato –miró a Naty–. Fran, esta es Naty, acabo de conocerla.

La conversación fue una buena terapia para Elena. Naty les contó los pormenores de su propia vivencia, terminando en el punto de siempre: su sentimiento de culpa.

–Elena, al menos tú tenías detalles de lo que le pasaba a tu hijo. Tuviste tiempo de estudiar su mal y de intentar ayudarle... pero yo... ¿Qué hermana soy que ni siquiera me di cuenta de que Beth estaba enferma?

– ¿Y tus padres, Natalia?

–Murieron hace un año –hablaba con una serenidad asombrosa–. Regresaban de un viaje cuando su coche se salió de la carretera...

Elena se sintió sobrecogida y una pesadumbre palpable impregnó el ambiente. Naty cambió de tema con la intención de suavizarlo:

–La compañía de Ana está ayudando mucho a Beth.

– ¿Ana?

–Es mi mejor amiga –explicó–, también está ingresada. Ha sido una suerte que a Beth y a ella les hayan puesto en la misma habitación.

– ¿Qué le pasa a tu amiga? –preguntó Fran intrigado.

–No os lo vais a creer –con esas palabras captó de lleno su atención–. El sábado pasado estaban jugando a eso de dispararse bolas de pintura, ¿cómo se llama?

– ¿*Paintball*? –apuntó Fran.

–Eso mismo –agradeció Naty sin atreverse a repetir la dichosa palabra–. Pues mientras jugaban alguien le disparó, pero no con pintura, sino con auténticas balas.

– ¿Qué me estás diciendo? –Fran se quedó con la boca abierta.

–Y no solo a Ana –añadió Naty-, también a Alex, otro de mis amigos. Los dos están en este hospital.

La sola mención del extraño juego hizo que a Elena le faltara el aire. Jamás había escuchado esa maldita palabra y ahora no dejaba de oírla. Estaba segura de que esa historia de guerras de pintura era lo mismo a lo que se habían referido los agentes que estuvieron en su casa.

– ¡Qué fuerte! –exclamó Fran–. Pero, ¿no se sabe por qué les dispararon? ¿Hay algún sospechoso? –miró a Elena sin salir de su asombro–. ¡Qué fuerte! ¿Verdad Elena? Un tiroteo al puro estilo de Chicago.

– ¿Qué? –ella estaba en otro lugar. Su corazón se había desbocado ante la posibilidad de que ese fuera el incidente en el que intentaban implicar a su hijo–. Sí, es fuerte... realmente fuerte.

–Entonces –Fran comenzó a sacar conclusiones– tus amigos deben ser esos chicos de los que ha estado hablando la televisión: los que fueron atacados en Denver 13.

–Los mismos –Naty sonrió–. Ya les he dicho que se están haciendo famosos.

Las miradas de ambos se posaron en Elena. Su rostro estaba blanco como la cera. Se dio cuenta de que la miraban.

–Como te decía, Naty –intentó retomar el asunto de Beth para no levantar sospechas–, no debes culparte por lo de tu hermana. No tienes ninguna culpa de lo que le ocurre a Beth.

–Pero ella es tan preciosa... tan bien proporcionada. No puedo entenderlo.

–Natalia –Fran no tuvo suficiente confianza como para abreviar el nombre de la chica–. Tu hermana está enferma.

Elena ratificó el diagnóstico de Fran:

–Ese es el problema de la anorexia. Todo el mundo verá a Beth perfecta, pero ella insistirá en que está gorda. La enfermedad que padece influye alterando su percepción de su silueta corporal y su peso. Por más que esté delgada, ella se verá gorda. Aunque pese treinta kilos, ella sentirá que pesa cien. No se encontrará bien con ninguna ropa –la seguridad de Elena era irrebatible y Naty se preguntó la razón de que esa mujer conociera con tanto detalle los rasgos de una enfermedad como la anorexia–. Verás cómo a partir de ahora podrás ayudar a Beth. Ya verás cómo se recupera y todo irá bien.

–Pero Beth era tan buena, tan responsable –por fin sonreía-. Era enormemente estudiosa y traía siempre unas notas fantásticas.

A Elena le pareció impresionante que aquella chica tan joven pudiera hablar así de su hermana. Era evidente que había asumido el papel de madre y eso la hizo madurar a marchas forzadas.

–Sí –insistió Naty–. Beth es una chica muy responsable. Nunca salía a divertirse si tenía que preparar un examen.

–La anorexia está especialmente vinculada a chicas de esas características –explicó Elena–. Suele tratarse de personas que tienen una gran necesidad de complacer al resto, de hacer lo correcto. Temen muchísimo la crítica o desaprobación de los demás –guardó un instante de silencio, buscando las palabras que reflejaran la verdad menos hiriente. Luego continuó–. Las adolescentes con anorexia, de niñas fueron generalmente estudiosas y obedientes. Niñas buenas y complacientes que no daban ningún problema a sus familias. Esas niñas equiparan su valor personal a su buen comportamiento y a su capacidad para hacer lo que se espera de ellas. Normalmente sus familias son perfeccionistas y con altas expectativas de logro y éxito.

Naty reflexionó un momento. Con sus palabras, Elena había hecho un retrato exacto de Beth y del resto de la familia.

–Elena, hablas como si conocieras perfectamente la anorexia.

–La conozco –admitió–. La conozco demasiado bien –y luego dijo lo que Naty llevaba rato sospechando–. Fui anoréxica y sé lo que es vivir en ese infierno. La bulimia, la anorexia o el trastorno por atracón, todos esos malditos trastornos tienen como base la falta de autoestima. El ser humano necesita sentirse amado y también amarse él mismo. Ya sabes –miró a Fran, y casi sonrió–, "ama a tu prójimo como a ti mismo". Si no eres capaz de amarte, lo tendrás bastante crudo para llegar a amar a los demás.

Naty asentía, mientras la imagen de Beth se mecía en su conciencia.

El teléfono de Elena sonó. Fran y Naty se retiraron prudentemente, pero pudieron observar la extrañeza en el rostro de la mujer mientras atendía a su interlocutor.

–No –dijo Elena con determinación–. Ya les he dicho que ustedes se han equivocado; y por favor, discúlpenme, pero mi hijo está en el hospital y ahora no puedo atenderles –colgó muy enfadada.

– ¿Algún problema? –preguntó Fran al ver su gesto de enojo.

–Nada –eludió responder–. Cosas mías.

No le pareció prudente contarles que aquellos pelmazos de la Guardia Civil se empeñaban en que Dick había estado en esa dichosa guerra de pintura.

–No lo permitiré –se dijo, mientras se acercaba a la máquina del café–. No permitiré que mezclen a mi hijo en esta historia.

Llevaba casi una semana ingresado y sin compañero de habitación. Algo totalmente inusual y que solo podía deberse a que era pleno verano y la población urbana descendía.

Menos mal que había conseguido sintonizar un canal deportivo. Eso, y las visitas a las chicas lograban que su encierro en aquel hospital no fuera una experiencia insufrible. De hecho, en ese momento se disponía a disfrutar de un partido que enfrentaba al Real Madrid con el Fútbol Club Barcelona. No era en directo, sino la reposición de un viejo encuentro, pero seguía siendo un Madrid-Barça.

En el fondo no era tan malo eso de estar ingresado, sobre todo una vez que le habían confirmado que los balazos recibidos no le dejarían ninguna secuela.

La puerta se abrió de golpe.

–Se acabó tu soledad –dijo un celador que, ayudado por otro, entraba empujando una cama–. Te traemos compañía para que no te aburras.

–Bienvenido –saludó Alex mientras ubicaban al recién llegado–. Has llegado a tiempo. Nada menos que un Madrid-Barça. ¿Te gusta el fútbol?

El compañero no respondió. O venía sedado o era un tipo de pocas palabras.

–Aquí os dejamos. chicos, no os vayáis muy lejos –bromearon los celadores mientras salían.

– ¿Cómo te llamas? –era un intento más que Alex hacía por romper el hielo. Decidió que sería el último. Si su compañero no respondía, pasaría de él.

–Federico –tardó unos segundos, pero por fin dejó escuchar su voz–. Me llamo Federico.

Al decir su nombre, el chico se giró, aunque el pelo, largo y rizado, cubría casi completamente su cara, Alex estuvo seguro de que aquella mirada le resultaba familiar.

– ¿Nos conocemos? –preguntó Alex, intrigado.

–Nunca antes te he visto –mintió el recién llegado, apartando la mirada y enjugándose la frente sudorosa con el embozo de la sábana.

–Pues yo juraría que te conozco. En fin, te estaré confundiendo con otra persona –volvió a concentrarse en el partido mientras su compañero de cama le daba la espalda, girándose hacia la pared.

Dick maldijo mil veces su mala suerte. Definitivamente su número era el trece. Aquel hospital debía tener un mínimo de doscientas habitaciones y habían ido a colocarle allí. Agarró un trozo de sábana y lo apretó con todas sus fuerzas.

– ¡Gol! –gritó Alex entusiasmado–. ¡Mira, tío! ¡Mira que golazo ha marcado Raúl!

Dick no se inmutó. Ni siquiera se movió.

–Menudo compañero me ha tocado –se dijo Alex–. Bueno, al menos tengo mi canal deportivo.

El pensamiento de Dick era un turbión.

– ¡Espera! –Dick lo dijo para sí, pero a punto estuvo de gritarlo–. A lo mejor no es tan mala mi suerte. Tal vez el destino me está brindando una nueva oportunidad para ajustar cuentas con el líder de mis torturadores.

Una sonrisa cínica y siniestra hizo que sus gordos mofletes se levantaran un poco, mientras se volvía hacia su compañero.

– ¿Quién dices que ha marcado el gol?

El partido terminó y las luces se apagaron.

Alex dormía, pero Dick no.

Su mente, cavilando a ritmo infernal, se lo impedía.

También el tema de su meditación lo era... también era infernal.

–¡Tachán! –la puerta de la habitación de las chicas se abrió de golpe e irrumpieron Hugo y Javián, seguidos por Alex.

– ¡Llegó la alegría a este hospital! –gritó Hugo. Pero, ¿cómo sois tan muermos? –quitó el mando a Beth y apagó el televisor–. ¿Ya os estáis tragando otro culebrón?

–Tonto –se quejó Beth–. Vaya susto nos has dado.

– ¿Pero, qué traéis ahí? –rió Ana–. ¡Mira Beth, nos traen flores! ¿No vendréis a tirarnos los tejos?

–Vaya –Javián puso cara de haber sido descubierto–. Lo habéis notado –se acercó a la cama de Beth, se arrodilló en el suelo y le tendió el ramo de flores mientras decía–, no puedo ocultarlo por más tiempo. Beth, desde que has vuelto a comer te estás poniendo tan guapa que tengo que decírtelo: estoy por ti.

– ¡Tonto! –le lanzó un almohadazo–. No te rías de mí.

–Lo digo en serio –siguió bromeando–. Estoy locamente enamorado... coladito por tus huesos –enseguida se dio cuenta de que había metido la pata al mencionar los huesos a una paciente con anorexia–. Perdón –se puso rojo como un tomate–. Quiero decir, coladito por tus carnes –ahora sus orejas pasaron del rojo al morado.

–Javián –rogó Alex– ¿Por qué no te callas?

Beth decidió ayudar al pobre Javián:

–Las flores son muy bonitas, pero hubiera preferido una caja de bombones.

– ¡Bravo! –aplaudió Ana–. Beth pidiendo chocolate, eso hay que decírselo a Naty en cuanto venga.

– ¿Quieres bombones? –a Alex le brillaron los ojos–. Ahora mismo bajo y te compro dos kilos.

–Tampoco exageres –río Beth, y señaló al pijama que vestía Alex–. Además, ¿piensas salir a la calle con esa pinta?

–Tío, Beth tiene razón –Hugo agarró el bajo de la camisa de Alex–. Este pijama de hospital es una birria y el difunto debía ser enorme, porque te queda grandísimo. Mañana te traeré uno de los míos. ¿Qué prefieres, el Señor de los Anillos o Star Wars?

–Paso –Alex empujó a Hugo y se colocó la camisa de su pijama, peinándose luego con la mano–. Yo estoy bien con cualquier cosa, ¿verdad, chicas?

–Bueno, escuchad, tíos –Javián se había recuperado y adoptó la posición de quien va a soltar la noticia del año–. Damas y caballeros, Hugo y yo traemos buenas nuevas –se recreó unos instantes en el gesto de expectación de Alex y las muchachas–. Hugo, ¿lo sueltas tú?

–Por favor... –hizo casi una reverencia–. Te cedo a ti el honor.

–Pues allá va... ¡Nos vamos a la playa!

Beth y Ana arrugaron sus frentes, primero por la sorpresa, pero enseguida por el enfado.

–Estamos en pleno verano –cuando Ana se enfadaba lo hacía a conciencia–, ingresadas en un hospital, y venís a restregarnos que os vais a la playa.

– ¿Qué clase de amigos sois? –Beth no se quedaba atrás con su furia–. ¿Os parece normal venir a decirnos eso?

–Un momento –Hugo movió sus manos arriba y abajo pidiendo un poco de calma–. No nos estáis entendiendo. Hemos dicho que "nosotros" –enfatizó la palabra e hizo un movimiento con sus brazos en el que abarcó toda la habitación–, nos vamos a la playa.

Ahora Beth y Ana se miraron sin comprender nada y luego miraron a Alex.

–A mí no me miréis –se encogió de hombros–. Yo sé lo mismo que vosotras.

–Dejadme que os explique –Javián aproximó una silla, colocándola entre ambas camas. Beth, sentada en su colchón, adoptó su posición preferida, abrazándose las rodillas y Alex se sentó en la cama de Ana, lo más cerca posible de ella–. Llevamos tres días preparando esta movida. Hemos hablado diez veces con nuestros padres y tras una dura negociación –hizo una pausa estratégica y adoptó un tono de voz grave– les hemos convencido de que en cuanto os den el alta pasaremos un fin de semana en la playa.

– ¿En serio? –Ana aplaudió y Beth no se quedó atrás–. ¡Qué guay! –gritaron las dos.

–Nuestros viejos han hablado con los médicos –intervino Hugo–. Y ellos han ratificado que un poco de sol y mucha naturaleza serán buenísimos para vuestra recuperación.

–Como parte de la negociación –dijo Javián– hemos exigido ser nosotros quienes os diéramos la noticia. Después de lo que nos lo hemos currado,[21] era lo menos que podíamos pedir.

El rostro de las chicas se había iluminado. Incluso Alex sonreía, aunque no podía evitar cierto malestar por haber estado al margen de esas negociaciones, era como si su liderazgo se hubiera visto menoscabado, pero la perspectiva de un fin de semana en la playa suavizó la molestia.

–Beth –añadió Javián–. Es posible que luego debas regresar aquí para continuar tu recuperación. No recomiendan una hospitalización inferior a un mes en casos como el tuyo...

–Pero te concederán un permiso especial para que vengas con nosotros –ratificó Hugo, viendo que el rostro de la chica se ensombrecía–. ¡Tía, un fin de semana en la playa!

La puerta se abrió y entró el médico acompañado de varias enfermeras. Era la visita rutinaria.

–Veo que ya os han dado la noticia –dijo el doctor al ver el rostro risueño de sus pacientes–. No olvidéis daros mucha protección en la piel –sonrió al decirlo–, los rayos solares causan estragos.

36

Dick estaba calculando algunos detalles sobre la mejor manera de deshacerse de su compañero de habitación. Sobre todo

21. Esforzado.

debía ser una operación limpia, que no dejara rastro ni levantara sospechas.

Una buena opción era la almohada sobre la cabeza mientras Alex estuviera durmiendo.

–Demasiado rudimentario –chasqueó la lengua descartando una opción tan pobre–. Que no se diga que Dick no se lo curra –rió para sus adentros–, tiene que ser algo más elaborado.

– ¡Hola, Dick! –la puerta se abrió sin previo aviso–. ¿Qué tal te va?

–Oh, no –se lamentó Dick viendo a Fran irrumpir en su habitación–. Lo que me faltaba...

–Te veo buena cara –siempre sonreía y nunca perdía el buen gesto. Eso descomponía a Dick–. ¿Te tratan bien?

–No me puedo quejar –él nunca sonreía y jamás mostraba amabilidad.

–Oye, Dick –Fran quiso ir al grano, pues no sabía de cuánto tiempo disponía antes de que su amigo le echara de allí–, hay algo importante que tengo que decirte... Debería haberlo hecho antes, pero nunca vi el momento.

–M...a -renegó para sí–, hoy viene filosófico. Se acabó el planear.

– ¿Te apetece pasear? –Fran quería que Dick se sintiera cómodo–. Puedo contártelo mientras caminamos.

–Estoy bien aquí. Dispara –miraba al techo, esquivando la mirada limpia de su amigo.

– ¿Sabes? –Fran se acomodó en la silla–. Quiero hablarte de un chaval que es muy importante para mí...

Dick ahora sí le miró; lo hizo con gesto de desprecio al decirle:

– ¿Eres gay?

– ¡No! –Fran rió de la ocurrencia–. No van por ahí los tiros. Deja que te cuente: el chico al que me refiero regresaba a casa después de celebrar el cumpleaños de un amigo. Eran, aproximadamente, las ocho de la tarde de un viernes del mes de junio.

—Oye —Dick no tenía ganas de monsergas—. ¿Qué me vas a contar? ¿El estreno de cine de esta semana?

—Solo te pido cinco minutos de atención —Fran se había puesto serio—. Después me marcharé.

Ante el silencio de Dick, Fran optó por reanudar su historia.

—Cuando el chaval pasaba junto a un callejón escuchó un ruido precipitado de pasos y enseguida vio cómo un grupo de muchachos se abalanzaban sobre él. Antes de que pudiera reaccionar le habían arrastrado al fondo del callejón —Fran percibió un leve arqueo de cejas en el rostro de Dick. Un gesto mínimo, pero era una señal de atención al fin y al cabo—. El chico no tuvo tiempo de gritar pidiendo ayuda. Mientras le tapaban la boca pudo sentir el tacto de varias manos convertidas en garras que le arrancaban la ropa. El aire le faltaba bajo el peso de aquellas alimañas que, tumbadas sobre él, le manoseaban. Su estómago se revolvió al percibir la respiración jadeante muy cerca de su oído.

Cuando aquellos animales terminaron su trabajo, dejaron al muchacho tirado en la penumbra del callejón —Dick apretó las mandíbulas y la tensión fue evidente en su rostro—. El chico que salió de aquel callejón no era el mismo que había sido arrastrado a él. Su vida había cambiado para siempre.

A partir de ese momento viviría con una pregunta: ¿por qué me han hecho esto? Caminaba inocentemente hacia su casa. Ni siquiera era de noche, solo era una tarde de viernes en que regresaba del cumpleaños de un amigo. Una inocente tarde en la que le arrebataron la inocencia para siempre.

Juró no contárselo a nadie. Sentía vergüenza.

Y no lo hizo por largo tiempo. Pero al guardar silencio se sentía cómplice de quienes le habían ultrajado. Era como tener un secreto a medias con aquellas alimañas. Llegó a concebir que tal vez fuera culpable de haberles provocado por ir a las ocho de una tarde de junio con sus pantalones cortos y unos calcetines hasta la rodilla –Dick llegó a mirar por un segundo a Fran, pero enseguida apartó la mirada, no quería demostrarlo, pero su atención era evidente–. Los días pasaron y cada vez se sentía más sucio, comenzó incluso, a sentir asco de sí mismo. Cuanto más se aborrecía, más crecía el rencor hacia quienes le ultrajaron. El rencor que sentía hacia ellos era directamente proporcional al asco que sentía de sí mismo.

¡Dios, cómo llegó a desear la muerte de aquellas malas bestias! Podía jurar que el odio tiene sabor. Había notado que el odio sabe amargo.

Cuando se miraba al espejo, siempre, sin excepción, veía a un ser repelente. Su cabello rubio, que llevaba algo largo y sus ojos azul claro. Sus facciones finas, un poco aniñadas. Todo el conjunto de su rostro y de su ser llegó a provocarle náuseas.

En este punto del relato, cuando Fran mencionó el cabello rubio y los ojos azul claro, Dick se giró de golpe y se fijó en la melena clara de Fran. Luego reparó en la mirada celeste de su amigo, que provocaba suspiros en las chicas y envidia en él.

–Sí, Dick –el cielo azul tras los párpados de Fran se había encharcado–. Yo soy ese chaval.

Dick mantuvo la mirada. Incluso cuando los ojos de Fran comenzaron a fluir. Incluso cuando Fran volvió a hablarle con la voz quebrada.

–Eso y no otra cosa, fue lo que hizo que conectara de inmediato contigo. Dick, supe nada más verte que odiabas a todos porque te odiabas tú mismo. Fui capaz de descifrar, en el primer vistazo, la nota de auxilio que llevas impresa en tu retina. Es la misma –remarcó cada sílaba–, exactamente la misma que yo grité infinidad de veces. Por esa razón me sentí ligado a ti como a mi alma gemela. Somos diferentes en muchos aspectos, pero en el fondo somos idénticos –se atrevió a girar con su mano el rostro de Dick que este había vuelto hacia la pared–. Escúchame, Dick, el interior no entiende de altura ni de peso. De gordos ni de flacos. El alma vuela o se arrastra, está libre o es prisionera. El alma solo entiende de libertad o esclavitud, de amor o de odio. Y tu alma, Dick, es esclava. Está cautiva tras barrotes de rencor y cerrojos de amargura.

Para sorpresa de Fran, Dick no le insultó ni sufrió un acceso de furia. Mantuvo un instante la mirada y luego movió lentamente la cabeza hasta quedar mirando al techo.

Fran decidió ir a por todas:

–De eso intenté hablarte aquella tarde, la última en la que te visité en tu casa. ¿Recuerdas? Ama a tu prójimo como a ti mismo. Dick, yo lo he adoptado como lema de vida, porque he descubierto que es imposible sentir amor hacia otros mientras uno mismo se odia.

Dick mantenía sus ojos en el techo gris de la habitación y allí le pareció ver la escena que Fran relataba ahora:

– ¡Márchate de aquí! –le dijo aquel día con ira, mientras le abría la puerta y con la mano le señalaba la salida. Luego se encerró en su habitación y llegó lo de fabricar la diana con el título del sermón que le habían endilgado Cosme y Fran.

Pero aquel día Dick desconocía esa parte de la vida de Fran. Por eso le pareció un mojigato que le sermoneaba. Nunca pudo sospechar que su amigo hubiera sufrido un episodio como ese. Ahora resultaba que la historia que le contaba del amor y del odio, de amarse uno mismo para amar a otros… toda esa historia surgía de su experiencia.

Fran supo que su amigo cavilaba. Por eso permaneció callado; no quería interrumpir el pensamiento de Dick por si tal vez su conciencia rematara lo que él había comenzado.

Fue Dick quien rompió el silencio. No dejó de mirar al techo, pero para sorpresa de Fran, por fin se decidió a preguntar:

– ¿Cómo pudiste superarlo?

– ¿Quieres saber cómo lo logré? –Fran le obligó a girar la cabeza. Estaba empeñado en mirarle a los ojos y Dick le dejó hacerlo–. Decidí contarle todo a alguien, y ese fue mi gran acierto. Acerté de pleno al acudir a don Cosme.

– ¿Se lo contaste a Cosme? –la imagen del bondadoso profesor de los domingos llenó la mente de Dick.

–Sí. Aquel vejete era distinto de todos los demás. No solo era un profesor, sino que, sobre todo, era humano.

–Quiero hablar con usted –le dije un día cuando terminó la clase.

Aquella tarde, en un parque, mientras don Cosme se tomaba un café y yo una Coca-Cola, le conté todo, y aquel maestro me enseñó la lección más grande que jamás he aprendido.

–Comprendo cómo debes sentirte –me lo dijo con los ojos más sinceros que nunca he visto–, y voy a ayudarte para que recurras a las instancias legales y denuncies. Quien te hizo eso debe pagar por ello. Pero hay algo más importante que el aspecto legal.

Y Fran, al revivirlo ahora, recordó que su atención fue máxima mientras el anciano le describía aquello que a su juicio era más importante. Y notó, con inmenso alivio, que también era máxima la atención que Dick le prestaba.

–Sí, Fran –me dijo el bueno de Cosme–. Hay algo más importante que el tema legal. En tu forma de relatarme ese trágico incidente he detectado que guardas un enorme rencor –lo que el anciano había notado era absolutamente cierto. Yo los odiaba con todas mis fuerzas. Pero el viejo maestro añadió algo–. Escucha, hijo, solo hay una cosa peor que lo que ellos te hicieron a ti, y es lo que puede hacerte el odio que albergas hacia ellos.

–Pero, ¿cómo quiere que no los odie? –eso no lo entendía, ni estaba dispuesto a admitirlo–. ¡Ellos destrozaron mi vida!

–Ese odio la destrozará más aún y te hará más miserable –me lo dijo con una seguridad irrebatible–. Convertirá en despojos lo que queda entero de ti. Fran, esos individuos son inmunes al sentimiento que tú les tienes, pero tú no lo eres. Tu odio no les daña en absoluto, pero a ti te destrozará.

–No puedo dejar de sentir lo que siento –ni tampoco quería, pero eso no se lo dije al maestro.

– ¿Quieres conocer el antídoto para ese cáncer que te consume? –la sonrisa del anciano me recordó a un amanecer puro y radiante–. Es muy simple: el perdón. Cuando les perdones te sentirás libre. Total y absolutamente libre.

–Nunca podré perdonarles –fui totalmente sincero–. No me sale de dentro.

–Perdonarles –me explicó– no significa que llegues a tenerles simpatía, desde luego que no. El perdón no nace de un sentimiento, sino de una decisión –los ojos del anciano eran faros de luz, y también sus palabras–. El odio es un verdugo, el perdón es sanidad. El odio te encadena, el perdón te da alas. El odio es un cáncer, el perdón es medicina.

–Una cosa más, Francisco –me llamó por mi nombre entero, creo que para reclamar aún más mi atención–. Deja de culparte. Tú fuiste la víctima y no el verdugo. Lo que ocurrió no altera tu identidad y mucho menos tu dignidad. No cambia el hecho de que eres un chaval con valores increíbles y talentos únicos –acentuó la importancia de sus palabras hablando muy lentamente y levantando un poco la voz–, vales mucho. No te infravalores, ni permitas nunca que nadie lo haga. ¿Me lo prometes?

–Lo prometo –dije, totalmente convencido.

–Entonces –el anciano tendió su palma hacia mí– choca esos cinco y hagamos un trato: te amarás siempre y buscarás siempre perdonar.

- ¿Sabes, Dick? El niño que cruzó aquel parque de regreso a casa, era una persona distinta al que había llegado allí un par de horas antes. Ni siquiera me di cuenta, pero mis pasos se desviaron de la ruta y cuando quise reaccionar tenía frente a mí el estrecho callejón en el que mi vida había cambiado. En ese momento me pareció más pequeño que cuando fui arrastrado allí dentro por la fuerza. Pero lo más importante es que pude observar aquel siniestro escenario sin sentir odio. Desde que decidí pulsar el interruptor del perdón las tinieblas se habían ido. ¿Lo entiendes, Dick? En ese momento yo había descubierto la clave de la vida. No me sentía sucio. Dejé de aborrecerme y eso me permitió dejar de odiar al resto. ¿Puedes entenderlo, Dick?

Pero Dick no respondió. Ni tampoco giró su cabeza. No quería, bajo ningún concepto, que Fran viera las lágrimas que, descolgándose de sus ojos, se mezclaban con el sudor de sus mejillas.

Fran se levantó, y tras presionar amistosamente el hombro de Dick, salió lentamente de la habitación.

37

Hugo y Javián estaban en casa del primero, intentando ultimar los detalles del viaje a la playa.

Javián no podía evitar sentirse incómodo en el cuarto de su amigo. Aquella habitación le daba grima; era una especie de templo friki, completamente empapelada con carteles de películas de culto.

La pared de enfrente estaba dedicada íntegramente a la saga Matrix con grandes rótulos de Reloaded y Revolution. Desde su inmovilidad en el tabique, Neo, Morfeo, Trinity y el agente Smith, escrutaban con su mirada de hielo a cualquiera que osara entrar en el cuarto de Hugo.

A su derecha, como justos competidores, Mister Spock, el doctor McCoy, Pavel Chekov y otros integrantes del fenómeno Star Trek, llenaban con creces los diez metros cuadrados de tabique. Y por descontado que la pared de la derecha era un estremecedor mosaico donde se agolpaba todo el universo Sith de la Guerra de las Galaxias.

–Pero, tío –se quejó Javián nada más entrar–, esto parece un antro del terror.

– ¿Un antro del terror? –dijo el friki de Hugo–. Un museo del arte, querrás decir.

Javián levantó su cabeza para suspirar y casi se desmaya al encontrarse con la aterradora mirada de Gollum que, junto al guapo Frodo y otros intrigantes personajes de El Señor de los Anillos, decoraban el techo.

– ¡Estás loco! –gritó Javián cuando se recuperó del susto–. Completamente loco.

– ¡Mira! –exclamó Hugo acercándose al armario–, esta es mi última adquisición.

Abrió con orgullo el ropero donde se amontonaban, cuidadosamente colgadas en perchas, prendas de todos los tipos y colores, todas ellas alusivas al universo de los superhéroes.

–La compré la semana pasada –extrajo con cuidado, casi con veneración, una camiseta de color azul chillón.

– ¿Qué es eso? –preguntó Javián frunciendo el ceño ante la extraña imagen.

–No me digas que no conoces a *The Ultimates* –Hugo movía la cabeza con perplejidad ante la ignorancia de su amigo–. Son los superhéroes de moda. Solo en Google tienen más de trescientos millones de entradas y están rompiendo moldes... son los *number one*...

– ¡Tú estás flipado! –Javián puso el índice de su mano derecha sobre su sien e hizo un movimiento giratorio–. Anda, vamos a lo nuestro.

Se sentó frente al ordenador y colocó al lado dos latas de Coca-Cola, una bolsa de nachos y un frasco de salsa para *dipear* que había comprado en la tienda de los chinos.

Durante unos minutos reinó el silencio mientras consultaban páginas sobre casas rurales cerca de la playa.

– ¡Mira esta! –Javián apoyó su dedo en el monitor mientras con la otra mano se llevaba la lata de Coca-Cola a la boca–. ¡Es flipante! Parece un castillo.

–Un poco siniestra, ¿no? –apuntó Hugo cogiendo un nacho y empapándolo en la salsa.

–Pero tío, tú imagínate allí por la noche, sentados en ese mirador –con la punta del bolígrafo estaba señalando la parte alta de la casa que se veía en la foto–, y respirando el aire puro del mar.

Le extrañó no recibir ninguna respuesta de su amigo y se giró hacia él. Hugo tenía su cara muy roja y con la mano derecha se tapaba la boca.

–Pero, ¿qué te pasa?

– ¡Agh! –gritó Hugo cuando por fin pudo hablar–. ¿Qué salsa has comprado? –cogió el frasco de cristal y leyó– "Extra-picante a base de chile y jalapeños". ¿Cómo no va a picar si has traído pura dinamita?

– ¿Yo qué sé...? –dijo Javián sin dejar de mirar al monitor–, pillé la primera que vi, pero, mira, mira... lee esto."Situada sobre un acantilado, directamente sobre el mar Mediterráneo".

–Puede que tengas razón –reconoció Hugo–, la verdad es que mola.

–Pues vamos a llamar –Javián estaba emocionado–. No perdamos tiempo, que estas joyas las alquilan rápido.

–Oye, ¿has pensado en cómo lo haríamos? Quiero decir, ¿vendrían nuestros padres con nosotros? ¿Iríamos solo los colegas?

–Seguro que los viejos querrán apuntarse, pero podemos verlo más adelante –Javián ya tenía el auricular en la oreja y había marcado el número de teléfono–. ¿Hola? ¡Sí!, mire, llamo por lo de la casa rural que anuncian en Internet...

Mientras su amigo se informaba, Hugo volvió a sumergir un nacho en la salsa y se lo llevó a la boca. De inmediato agarró su lata de Coca-Cola y la vació de un trago.

38

Naty y Elena se habían hecho buenas amigas. A base de compartir sus historias tan parecidas llegaron a unirse mucho.

En ese momento desayunaban juntas en la cafetería del hospital.

– ¿Cuánto tiempo sufriste anorexia? –Naty miró a Elena mientras apuraba su café.

–Algo más de un año –reconoció Elena–. No fue demasiado, pero sí lo suficiente como para sentir en la nuca el aliento de la muerte. A causa de la anemia llegué a estar tan pálida que parecía de cera. Mi piel estaba seca y acartonada por la deshidratación y mi cabello perdió todo el brillo.

Y al hablar se acariciaba el cabello, ahora vivo y brillante. Naty la escuchaba y parecía estar oyendo una descripción de Beth.

–Mi ritmo cardiaco se situó en cincuenta pulsaciones y mis intestinos casi dejaron de trabajar. Podía estar una semana sin acudir al baño –su rostro adquirió un gesto evocador–. Yo era la candidata perfecta: una muchacha con bajísima autoestima, muy disciplinada y que tenía unos padres extremadamente exigentes –sonrió con enorme tristeza–. Lo tenía todo para ser la perfecta anoréxica. Quería ganarme el afecto y la aceptación a cualquier precio. ¡Es tan complicado! Todo comienza de forma sutil. Te miras al espejo y piensas: "Estoy demasiado gorda. Para gustar debo estar delgada. Si estuviese más delgada sería más feliz, tendría más autoestima y conseguiría más cosas...". Pero poco después la sensación se convierte en obsesión y acabas pensando "tengo que perder peso a cualquier precio, es horrible ser como soy...".

–Lo sorprendente es que personas que lo tienen todo, luego lo pierden por algo como esto. –Naty movía la cabeza para expresar su desconcierto.

– ¿Has oído el caso de las dos gemelas Olsen? –preguntó Elena.

– ¿Las niñas de "Tú a Boston y yo a California"?

–Las mismas –afirmó–. Las dos estuvieron internadas en clínicas especializadas en casos de anorexia. En este momento están creando un *show* para televisión donde contarán su experiencia y tratarán temas de salud y nutrición.

–Bueno –repuso Naty–, al menos sacarán algo bueno de su historia.

–No es para tomárselo a broma –Elena estaba pesarosa–. Durante muchos años fui fan del grupo "The Carpenters", hasta que Karen Carpenter, que formaba el grupo junto a su hermano Richard y poseía una voz única, falleció por un problema cardiaco originado por los ocho años de lucha que mantuvo con la anorexia.

– ¡Dios mío! –se estremeció Naty–. Un problema cardiaco, lo mismo que le pasó a Beth. Qué suerte que todo haya pasado –suspiró.

–Sí, en eso confío, en que todo haya pasado –pero el tono de su voz rezumaba escepticismo.

Se hizo un extraño silencio en la cafetería y todos miraron hacia la puerta. Dos hombres caminaban directamente hacia su mesa. Elena les conocía. La camisa verde clara y el pantalón del mismo color, pero más oscuro, delataban claramente que una pareja de la Guardia Civil había irrumpido en aquel lugar y buscaba a alguien.

Las miradas de todos los que estaban en la cafetería se enfocaron en ellas y el silencio expectante hizo que la voz de los agentes sonara como un trueno:

– ¿Elena Sánchez?

Lo preguntó el malhumorado Bermúdez. Esta vez no metió el dichoso Ruiz, pero de sobra sabía que sí, ella era Elena. No tenía que haberlo preguntado, por eso no le respondió.

–Tenemos una orden para registrar su casa –le mostró un papel que perfectamente podría haber sido cualquier otra cosa–. Si es tan amable de acompañarnos...

La mujer le miró con mil preguntas en sus ojos, pero no fue capaz de articular ninguna. Luego miró alrededor. Todos le devolvieron miradas recriminatorias y frías como el acero.

Los agentes se situaron a ambos lados de Elena y comenzaron a caminar, obligándole a ella a que también lo hiciera.

Lo más duro fue notar cien ojos taladrándole la espalda y sentirse acusada por todos, aunque no entendía por qué.

Se giró antes de abandonar la cafetería y miró a Natalia. El gesto de Naty era de estupor, con la boca abierta y las manos suspendidas con las palmas hacia arriba, como preguntando, ¿qué significa esto?

– ¡Cuida de Dick, por favor! –fue todo lo que Elena acertó a decir-. ¡Dile que mañana vendré!

La mirada que Naty le devolvió mientras asentía con la cabeza no era dura, solo reflejaba perplejidad y, sobre todo, compasión.

Alex vio que un chico salía de su habitación.

– ¿Quién será ese pibe rubio? –se preguntó.

Enseguida se cruzaron en el pasillo.

– ¡Hola! –le dijo con una sonrisa–. Soy Alex, el compañero de habitación de Federico.

El visitante le tendió la mano.

– ¿Qué tal? Soy Fran, un amigo de Dick.

– ¿Dick?

–Sí, bueno, Federico –aclaró Fran–. Todos le llamamos Dick.

– ¡Ah! Eres su amigo... pues tío, tienes trabajo, porque el tipo es raro –sacudió la mano arriba y abajo mientras lo repetía–. Pero raro, raro…

–Es un chico especial, lo sé. Debes tener paciencia con él. Te aseguro que tiene razones para serlo.

– ¿Lo dices por…? –no sabía muy bien como continuar la pregunta–. ¿Por lo gordo que es?

–No solo por eso. Es por la historia de su vida –Fran reflexionó un momento, entonces consideró que tal vez Alex pudiera ayudarle–. ¿Puedes darme un minuto, por favor?

– ¿Un minuto? –se rió–. Otra cosa no tendremos aquí, pero minutos, todos los que quieras.

–Ven conmigo –tiró de él hacia la pequeña salita de espera–. Mira Alex, tú vas a estar aquí con Dick un tiempo…

–Confío en que no mucho –interrumpió en un arranque de sinceridad.

Fran le sonrió y retomó su discurso:

–Me gustaría contarte un par de cosas por si tal vez puedes ayudarle. ¿Quieres un café?

–Un chocolate, por favor –mientras Fran introducía las monedas en la máquina, Alex se puso a su lado–. ¿Ayudar a Federico? Me gustaría hacerlo, pero lo veo difícil, el tío es más cerrado que una ostra y a la mínima que intentas sacarle tema te suelta un ladrido.

–Siéntate, Alex –le dijo tendiéndole el humeante vaso de chocolate–. Quiero contarte algún episodio de la vida de ese tío tan raro –dudó un instante antes de seguir–. No estoy seguro de que a él le guste lo que estoy haciendo, pero lo hago por su bien.

Alex escuchaba con atención mientras daba pequeños sorbos a su bebida caliente.

–El infierno de Dick comenzó cuando era muy pequeño, en la escuela –Fran relató con lujo de detalles los abusos a los que Dick se vio sometido. Los conocía al dedillo, aunque no por su amigo, que nunca quiso contárselos. Fue Elena quien le puso al corriente–. Cada día, en el recreo, Dick vivía una auténtica tortura. Cualquier excusa le valía para no ir al colegio. Se comía tizas enteras para provocarse la fiebre y librarse de la escuela... Todo porque sentía pánico de sus compañeros.

Fue instantáneo. El relato de Fran hizo que la memoria de Alex saliera de su letargo.

– ¡Claro! –pensó, aunque puso extremo cuidado de no exteriorizar la sorpresa–, ¡Dick! Ahora lo recuerdo todo.

El cabello largo que tapaba su cara y el hecho de que se hubiera presentado como Federico le impidieron reconocerle, pese a que desde el principio su mirada le resultó conocida.

Sin poder evitarlo comenzó a sudar copiosamente, pero a la vez sentía mucho frío.

Se vio de golpe frente al gordo borracho de su padrastro.

Incluso la espalda volvió a escocerle y se llevó inconscientemente la mano al omóplato. Era donde siempre le daba; donde más le dolía.

Inclinó la cabeza y sus ojos quedaron fijos en sus pies, mientras en su mente se reproducía una lejana escena: la punta de su zapato hincándose en la carne flácida de aquel niño regordete en el que veía a su padrastro maltratador. Pero aquella criatura no era Bernardo; solo era un ser indefenso que se encogía en el suelo asustado, mientras Alex descargaba en él la furia acumulada contra su padrastro.

– ¿Te encuentras bien? –Fran se había dado cuenta de que Alex sudaba y estaba muy pálido–. Perdóname, creo que te estoy mareando. ¿Quieres que te acompañe a la habitación?

Alex no respondió a su pregunta, sino que le miró con una fijeza penetrante.

– ¿Sabes el nombre del colegio al que iba Dick? –se aferraba a la remota esperanza de que tal vez no fuera él.

–Sí, claro –respondió Fran rápidamente–. Amós Acero, Dick iba al colegio público del barrio, el Amós Acero, ¿lo conoces?

Alex no respondió.

Desvió sus ojos hacia la pulsera que envolvía su muñeca. Se la dieron como recuerdo el día en que terminó su último curso y se marchaba al instituto para cursar bachillerato.

Su mano temblaba tanto que tuvo dificultad para leer las letras rojas, grabadas sobre el cuero. Pero no era necesario leerlas. Hacía años que llevaba ese brazalete y sabía perfectamente que la inscripción decía "C. P. Amós Acero".

Elena, sintiendo que sus manos temblaban a causa de la vergüenza y la furia, giró la llave en la cerradura y luego hizo un gesto con la mano, invitando a los agentes a que pasaran a su casa.

–Toda suya –la voz de la mujer destilaba rencor.

– ¿La habitación de su hijo? –el guardia civil más joven intentó imprimir un toque de comprensión a las palabras. Se hacía cargo de que el papel de aquella mujer no era fácil, en absoluto.

–Al final de la escalera, la primera puerta de la derecha –no les miraba al hablarles. Una especie de nudo en la garganta casi le impedía hablar.

–Necesitamos que nos acompañe –hasta el tono del sargento Bermúdez parecía amable–. Guíenos, por favor, terminaremos enseguida.

Elena se dirigió a la escalera y los agentes la siguieron.

–Buen equipo –dijo Bermúdez al entrar en la habitación, acercándose al ordenador y palmeando la enorme pantalla–. ¿Lo usa mucho su hijo?

–Es su único entretenimiento. Ya le dije que no sale de casa y mucho menos a jugar a guerras de pintura –el enfado era el rasgo predominante en sus palabras–. El chico se pasa el día jugando con ese trasto. ¿Supongo que no es un crimen jugar con una computadora? –ahora mezcló la ironía con la furia.

La mirada de satisfacción que el sargento dirigió a su subordinado pasó desapercibida para Elena.

–Tendrá que prestarnos este aparato por algún tiempo – Bermúdez comenzó a desconectar cables.

–Todo suyo –la irritación de Elena subía de grado. Se aproximó y cogió con impaciencia la enorme pantalla–. ¿Dónde se la llevo?

–El monitor no nos hace falta –repuso el joven agente–. Solo nos llevaremos la C.P.U. En cuanto terminemos con ella se la devolveremos.

A continuación los dos agentes se dedicaron a revolver cajones y sacar libros de los estantes, mientras Elena, apoyada en el marco de la puerta, contemplaba la escena consternada.

–Mira –el viejo gruñón pasó algo al ángel de ojos verdes.

Elena observó cómo este cogía la barra de chocolate Kit-Kat que su compañero le tendía.

–Tiene que haber montones de esos por los cajones –aclaró Elena, rezando para que no fuera delito comer barritas de chocolate–. Son los dulces preferidos de Dick. Se come cada día varias docenas–. Lo último lo dijo en un intento de hacer reír a los agentes, pero no lo consiguió.

–Pues me temo que en Denver 13 también se comió unos cuantos –replicó el sargento al comparar la barra de chocolate con el envoltorio que llevaban dentro de una bolsa de plástico y que habían recogido como posible prueba del circuito de *paintball*.

– ¿Es que mi hijo es el único que come de eso? –Elena no estaba dispuesta a rendirse tan pronto–. ¿No puede haber sido cualquier otro quien comiera chocolate en ese maldito lugar?

Los agentes no respondieron; todavía les quedaba bastante por registrar.

– ¡Dios! –exclamó con asco el joven agente López sacando la mano que había metido debajo de la cama–. Discúlpeme, señora, pero aquí debajo hay un auténtico basurero. Esto está lleno de comida.

Elena sintió que enrojecía desde la raíz de su cabello.

–Lo siento –se disculpó–. Dick no me deja limpiar su cuarto. Dice que es su mundo y nadie más tiene acceso.

El guardia movía su cabeza a derecha e izquierda con enfado.

– ¡Eh, sargento, mire esto! –López se estaba empleando en el armario. Había tirado al suelo un montón de ropa arrugada y de una enorme mochila acababa de extraer un trasto metálico. Se lo tendió a su superior.

A Elena se le cortó la respiración. Miró al cielo suplicando que no fuera lo que ella se temía que era.

–Es un disparador de bolas de pintura –dijo Bermúdez mientras aproximaba su nariz al artilugio–, pero ha sido trucado, no huele a pintura –lo ratificó mirando fijamente a Elena y añadió– huele como el cañón de nuestra Beretta después de haber sido utilizada. Hace mucho tiempo que este trasto no dispara bolas de pintura, sino balas.

Su compañero le extendió una pequeña bolsa de plástico. El sargento extrajo algo de su interior, y volvió a mirar a Elena.

–Dígame señora –hizo saltar varias balas en la palma de su mano–, ¿usted cree que también cualquiera lleva herramientas que escupen proyectiles de calibre veintidós?

Elena sintió que las fuerzas se le escapaban. Se dejó deslizar por el dintel de la puerta hasta quedar sentada en el suelo.

–Escuche, señora –el sargento se aproximó a Elena, y agachado frente a ella sostuvo varios proyectiles haciéndolos saltar en la palma de su mano–. Son poco más que balines, pero disparados con acierto, matan. De haber empleado munición más gruesa o esta misma munición con mejor puntería, hoy hablaríamos de dos muertos.

–Sargento, creo que esto también es importante –el jovencito terminó de vaciar la mochila y enfocó, con compasión, sus ojos claros en Elena mientras entregaba algo a su compañero.

– ¡Un uniforme para combates de *paintball*! –lo extendió sobre la cama–. Tiene manchas de pintura. Solo nos queda analizarla para comprobar que sea la misma que se utilizó en Denver 13.

Elena permanecía sentada en el suelo, apoyada aún en el marco de la puerta. Su cabeza estaba oculta entre las manos y sollozaba.

–Lo siento, Elena –al escuchar su nombre en la boca de Bermúdez le cupo la posibilidad de que el sargento fuera humano–. Créame que lo siento, pero me limito a cumplir con mi deber.

– ¡Están equivocándose! –intentó parecer segura, pero solo le salió un patético gemido.

Aun a ella le pareció ridícula su defensa. No obstante se rehizo y la gritó: – ¡Mi hijo es inocente!

Su mente de mujer le decía que su hijo estaba embarrado hasta las cejas, pero su corazón de madre se negaba a aceptarlo.

Dick caminaba como alma en pena por los pasillos del hospital.

–Menudo culebrón me ha soltado Fran –pero no pudo dejar de reconocer que le había impactado–. El tío me ha hecho llorar como un niño.

Sumido en sus pensamientos pasó junto al mostrador de enfermeras.

–Les pediré un calmante –pensó–, esta maldita rodilla me está matando.

Al aproximarse al control de enfermeras escuchó a un doctor que daba instrucciones:

–Sí –les decía–, Alejandro Ortiz...

Al escuchar el nombre de su compañero de habitación Dick redujo la marcha hasta detenerse.

–Prepara su alta para mañana –ordenaba el médico–. Verás qué alegría se lleva; está como loco por salir de aquí para irse a la playa.

– ¡Alex se va de aquí mañana! –el gesto de Dick se torció, convirtiéndose en una mueca siniestra–. ¡Ah, no, eso sí que no!

Se sentó en la sala de espera sintiendo que su mente era un volcán en erupción. Toda la historia de Fran le había llevado a recapacitar. Sabía de sobra que alimentar esos sentimientos no le conducía a ninguna parte.

– *¡Perdónales!* –*Le había insistido Fran*–. *Mientras les odias eres su esclavo, ¡perdónales y serás libre!*

– *¿Perdonarles? ¡Esos payasos me arruinaron la infancia!* –*no lo dijo, lo vomitó y casi pudo sentir el sabor a bilis mientras lo gritaba.*

–*Puede que ellos te arruinaran la infancia, pero el rencor está arruinando tu juventud* –*Fran tenía un gesto de verdadera tristeza.*

Un sonido de pasos le sacó de sus reflexiones. Otro paciente había entrado en la sala de espera y se acercó a la máquina de café. Dick sacudió su cabeza echando fuera a Fran con todos sus sermones.

–No hay tiempo que perder –tomó la decisión–. Se acabó el calcular. No es lo que yo quería, pero recurriremos al vulgar procedimiento de la almohada. Alex saldrá de aquí mañana, pero no para irse a la playa, sino al campo... al camposanto –su risa sonó tan siniestra que aquel hombre salió de allí precipitadamente, llevándose su insípido café.

Alex daba vueltas y más vueltas en la cama. El encuentro con Fran y la conversación que mantuvieron le habían dejado agotado.

Aunque lo intentó no se atrevió a confesarle que él había sido el verdugo de aquel niño regordete. No fue capaz de hacerlo porque sentía auténtica vergüenza de su comportamiento. Ojala pudiera resarcirle de alguna manera.

– ¿Qué puedo hacer por ayudarle? –preguntó a Fran con total sinceridad.

–Dick necesita dos cosas –le dijo–: valorarse a sí mismo y perdonar a los que le machacaron –Fran se detuvo un momento calculando sus palabras-. ¿Me has dicho que tienes un grupo de amigos?

–No somos muchos, solo seis. Tres que estamos aquí ingresados, más otros tres.

–Ya me ha contado Naty –Fran sonrió–. Tres de seis en el hospital, todo un récord.

–Ya lo ves, menuda pandilla, ¿no? Parecemos gafados,[22] ¿estás seguro de que podemos ser de ayuda para Dick? –bromeó.

–Lo vuestro da para una película –Fran silbó sacudiendo la mano–, pero te preguntaba si tienes amigos porque eso es precisamente lo que Dick necesita. Si tú y tus colegas pudierais acercaros a él, tal vez fuera un buen principio.

Después de esa conversación, Alex regresó al dormitorio temiendo el primer encuentro con el nuevo Dick. Hasta ese momento le había visto como su compañero de habitación, pero ahora no podría evitar verle como aquel niño que se encogía en el suelo mientras él le martirizaba con sus burlas y golpes.

Cuando abrió la habitación vio que estaba vacía y casi sintió alivio.

Se metió en la cama meditando en todo eso. Había dos cosas que tenía claras: la primera era que no le confesaría a Dick que él fue su torturador, al menos no por ahora. Lo cierto es que tenía miedo de las consecuencias. Si Dick le trataba ahora casi con agresividad, ¿cuál sería su reacción al conocer quién era Alex real-

22. Grapados.

mente? Lo segundo era la posibilidad de invitarle a ir con ellos a la playa. Sabía bien que se exponía a echar a perder un viaje tan esperado, pero era lo menos que podía hacer después del daño que le había ocasionado.

–Mañana mismo lo consultaré con los chicos –se dijo.

Esas dos simples decisiones le ayudaron a sentir que la crisis estaba bajo control y poco a poco se fue relajando y dejándose llevar por el sueño.

Elena seguía en casa, en el mismo lugar donde había quedado sentada cuando, horas atrás, la Guardia Civil concluyó el registro. Desde que los agentes se marcharon no había encontrado fuerzas para levantarse.

Quería ir al hospital para estar con su hijo, pero estaba segura de que no sería capaz de verle sin contarle toda la historia, y no quería. Al menos no todavía. Albergaba la mínima esperanza de que todo fuera un error.

– ¿Por qué voy a inquietarle si seguramente está limpio y no tiene nada que ver con todo esto? –se repetía una y otra vez, sosteniendo a duras penas el delgado hilo de la cometa de la esperanza.

Pero necesitaba hablar, que alguien le dijera que no, que su hijo no era el protagonista de la macabra historia que ocupaba páginas en los periódicos y abría los noticiarios de televisión.

– ¡Naty! –una luz se le encendió. La hermana de Beth le había llamado varias veces en las últimas horas, pero ella no se sintió con fuerzas de descolgar–. Llamaré a Naty. Ella es comprensiva. Me escuchará y me convencerá de que todo son figuraciones mías. Me hará entender que mi hijo no es un asesino.

Hacía una hora y quince minutos que Dick recorría los pasillos del hospital.

Caminar le ayudaba a ordenar sus ideas a la vez que daba tiempo para que Alex se durmiera. Una vez tomada la decisión, no le apetecía mirar a los ojos de su víctima.

–La próxima vez que le mire quiero que sea con sus ojos bien cerrados –sentía puro placer–. Cerrados para siempre.

Consultó el reloj:

–Las diez y media. Seguro que Alex está roncando, ese tío se acuesta con las gallinas –giró sobre sus talones encaminándose a la habitación–. Es hora de trabajar.

A las diez y cuarenta Dick entró en la habitación y cerró la puerta muy despacio. El cuarto estaba a oscuras, pero el tenue resplandor que entraba por la ventana era suficiente.

Se aproximó lentamente a la cama de Alex y le encontró sumido en un plácido sueño.

–Buenas noches –susurró inclinándose un poco–. ¿Sabes que hoy vas a descansar... en paz? –estuvo a punto de liberar su siniestra carcajada, pero se contuvo a tiempo.

Acercándose a su cama cogió la almohada y notó que el pulso le temblaba.

– ¡Maldita sea! –se quejó–. Estoy nervioso y eso puede echar al traste todos mis planes.

Durante unos segundos sostuvo el almohadón con ambas manos y rebuscó en su memoria razones que le ayudaran a no titubear en un momento tan crucial.

Su mente le trasladó al patio del colegio donde el pequeño niño gordo se encogía mientras una jauría humana lanzaba sobre él una lluvia de insultos. Pudo ver al asustado muchacho levantando los ojos de la tierra. Solo un poco. Lo suficiente para posar su mirada en el líder de la pandilla, el que más gritaba, el que jaleaba a todos los demás para que siguieran insultándole. Cuando sus ojos, entornados por el miedo, conectaron con los del capitán del grupo, entornados por la risa, este lanzó un salivazo que le dio de lleno en la cara.

El tétrico archivo de su memoria se agitó de golpe y la imagen de su padre irrumpió sin previo aviso. Allí estaba Pedro, llamándole "error". "El más grande de mis errores", decía.

Fue suficiente. No necesitaba más recuerdos. La descarga de adrenalina provocó hormigueos en las piernas de Dick. Muy lentamente apartó la vista de la almohada, posándola en la cama de al lado.

La respiración acompasada de Alex hacia que las sábanas subieran y bajaran con una cadencia constante.

–Fue él –su voz sonó sibilante. Un susurro de serpiente empapado en odio. Casi flotó acercándose a la cama de Alex–. Fuiste tú... y ahora es mi turno.

El estrépito de la puerta al abrirse retumbó como un trueno.

– ¡Hola chicos! –saludó Naty, y enseguida se disculpó al ver que las luces estaban apagadas– ¡Uy! ¿Ya estabais dormidos?

El ruido despertó a Alex, que se desperezó ruidosamente. Dick intentó disimular pulsando el interruptor de la luz.

–Lo siento, no quería haberte despertado –se disculpó Naty viendo cómo Alex se tapaba los ojos para protegerse de la luz–.

¿No estáis viendo El Internado?[23] –aproximó la única silla que había en la habitación y se sentó junto a la cama de su amigo–. Las chicas me están esperando para que lo vea con ellas–. Poned la tele –les animó–. Ya tendréis tiempo de dormir mañana.

Viendo que no había muchas ganas de conversación decidió cumplir el encargo que había recibido y salir de allí cuanto antes.

–Bueno, Dick, solo vine a decirte que tu madre tuvo que salir precipitadamente esta tarde, por eso no vino a despedirse –por supuesto que no pensaba mencionar nada de la Guardia Civil–. Me ha dicho que mañana vendrá a verte.

Treinta segundos después ya estaba en los pasillos, rumbo a la habitación de las chicas.

– ¡Qué chico más borde! –se decía Naty mientras subía las escaleras–. Ni siquiera me ha dado las gracias. Menudo trabajo tiene su pobre madre con él.

La imagen de Elena, escoltada por los dos Guardias Civiles, llenó su mente. ¿Qué problema tendría?

Aquella tarde había intentado sonsacar algún dato a las enfermeras, pero todas se mostraron herméticas. Aludieron al rigor legal y profesional para no filtrar ninguna información sobre los problemas que la madre de Dick pudiera tener. Luego intentó hablar con Elena varias veces, pero nadie contestaba en el móvil.

Ya estaba llegando a la habitación de las chicas.

–Se van a reír cuando les cuente el susto que les he dado a los chicos al entrar en su habitación.

Una duda repentina se encendió en su mente: ¿Que haría Dick, allí en pie, con las luces apagadas y la almohada en la mano?

---

23. Nota del autor: Serie de televisión producida en España, cuyos protagonistas son alumnos de un internado y que contiene buenas dosis de intriga y suspense. En los años 2007 al 2009 alcanzó notable éxito en la población adolescente española.

Eran las diez y cincuenta y cinco de la noche y el cuarto de las chicas parecía cualquier cosa menos la habitación de un hospital. La única luz era el resplandor de la televisión, y Beth y Ana estaban las dos en la misma cama tapadas casi hasta los ojos.

– ¡Venga, Naty! –le dijeron cuando entró–. Te has perdido lo mejor, ¿por qué has tardado tanto?

Desde que su hermana estaba acompañada, Naty solía irse del hospital a media tarde, pero durante todo el día Ana y Beth le habían insistido en que esa noche debía quedarse allí.

–Hoy ponen El Internado, quédate y lo vemos juntas.

No les costó demasiado convencer a las enfermeras. Aunque, salvo en casos de necesidad, no era habitual que permitieran a una visita quedarse hasta tan tarde, el doctor Filgar apoyó la tesis de que a Beth le venía muy bien la compañía.

Al final ocuparon las tres el mismo colchón intentando combatir el miedo que les provocaba aquella serie.

–Enciende la luz –dijo Naty en la escena de los pasadizos–. Se me están poniendo los pelos de punta.

– ¡Calla! –se quejó Beth, a quien le molestaba mucho que alguien hablara en los momentos de mayor suspenso–. Estas pelis hay que verlas sin luz, es como más molan.

Y fue justo cuando las tres estaban en silencio y las escenas eran de máxima intriga cuando el móvil de Naty sonó.

– ¡Aaahhh! –gritaron las tres, pegando un salto y agarrándose unas a otras.

Naty tardó un buen rato en reaccionar, pero al final localizó su teléfono y antes de que sonara por octava vez, lo descolgó.

–Naty –le dijo Elena, sin siquiera saludar–; necesito hablar contigo, ¿puedes escucharme un momento?

–Claro que sí. Espera un segundo. Chicas, voy a la salita de espera –ni siquiera la escucharon, pues ya estaban de nuevo en los pasadizos del Internado.

Sentada junto a la máquina de café, Naty intentaba entender algo de lo que Elena le contaba.

–Dick es un buen chico, ¿verdad, Naty? Dick nunca haría nada malo... jamás se le ocurriría hacer daño a nadie, ¿verdad que no?

–Elena, escúchame...

Pero Elena no escuchaba, solo insistía:

– ¿Cómo va a hacer daño a nadie un chico como Dick?

– ¡Elena, por favor, escúchame! –levantó la voz más de lo que hubiera querido, pero fue la única manera de captar su atención–. No sé de qué me estás hablando. ¿Qué pasa con Dick? ¿Por qué vino la Guardia Civil a buscarte?

Durante diez largos segundos reinó el silencio en la línea telefónica.

–Elena, ¿sigues ahí?

–La Guardia Civil ha estado registrando mi casa –de nuevo guardó silencio durante cinco segundos–, quieren implicar a Dick en un intento de asesinato –dijo por fin.

– ¿Cómo? –Naty no daba crédito a lo que había escuchado–. Elena ¿sabes lo que estás diciéndome?

–Intentan probar que Dick estuvo en ese maldito combate de pintura donde tus amigos fueron tiroteados...

– ¿Quéééé? –alargó muchísimo la sílaba. Las noticias le desbordaban.

Elena volvió a hablar atropelladamente:

–Pero, Naty, eso es imposible ¿verdad? Dick no sería capaz de matar ni a una mosca.

Naty se había quedado sin palabras. Estaba aturdida por el giro que tomaban las cosas. Tras un largo silencio interrumpido constantemente por la defensa que Elena hacía de su hijo, se decidió a preguntar:

– ¿Han encontrado en tu casa algo que pueda comprometer a Dick?

Ahora fue Elena la que guardó silencio. Justo cuando debía hablar, decidió enmudecer.

– ¡Elena! –volvió a levantar la voz–. ¡Contéstame, por favor! ¿Hay algo que implique a tu hijo?

–Han encontrado un disparador trucado y un uniforme manchado de pintura.

Naty sintió vértigo. Apartó el teléfono mientras su cabeza trabajaba a un ritmo frenético.

Los últimos acontecimientos se agolparon en su mente:

–Quien me disparó era una persona muy gruesa –fue el único detalle que Ana pudo aportar a cuantos le preguntaron–, muy, muy gruesa.

–Mientras me apuntaba con el arma me pareció que su cara estaba empapada en sudor –aventuró Alex en el interrogatorio-, pero como llevaba esa máscara no puedo asegurarlo. De lo que sí estoy seguro es que era un tío muy gordo.

Aquellas declaraciones se mezclaron con la primera imagen que Naty tenía de Dick: una camilla entraba en el área de urgencias, era empujada con dificultad por varios sanitarios, sobre ella llevaban a un chico enormemente grueso.

Y la última imagen, la que acababa de ver: al irrumpir esa noche en la habitación de Alex vio a una persona muy gruesa, parada junto a la cama de su amigo, con la cara empapada en sudor y sosteniendo una almohada con ambas manos.

– ¡Elena! –gritó Naty fuera de sí– ¿Puedes hablar con los agentes que estuvieron en tu casa?

–Pero, ¡Naty! ¿Qué me estás diciendo? ¿Cómo voy a...?

– ¡Contéstame! ¿Sabes cómo hablar con ellos?

–Sí, el primer día me dieron su tarjeta y...

– ¡Llámales ahora mismo! ¡Diles que vengan al hospital!

–Pero, Naty...

– ¡Haz lo que te he dicho!

Salió corriendo de la salita, sin dejar de gritar:

– ¡Por favor! –corrió al mostrador de las enfermeras–. ¡Llamen a seguridad!

46

—¿Qué te parece? –dijo Alex a Dick cuando se quedaron solos- ¿Hace ver El Internado?

Alex se sentía cohibido, ahora que sabía quién era su compañero no se atrevía ni a mirarle. Cuando lo hacía se representaba en su mente la imagen del niño encogido en el suelo.

–Paso –replicó Dick con su perenne tono malhumorado. Se metió en la cama y se giró hacia la pared.

Alex casi lo agradeció. La habitación volvió a quedarse a oscuras y Dick fingió dormir.

Poco después se escuchaba la respiración profunda de Alex.

Dick se giró en la cama con la dificultad de siempre y se quedó mirando a Alex.

–Qué facilidad tiene el tío para dormir –susurró con maldad–. No le sería tan sencillo si supiera que es la última vez que lo hace.

La entrometida de Naty había estado a punto de arruinar todos sus planes. Poco después de que ella se fuera, Alex había llamado a las auxiliares y les pidió una tila. Era evidente que algo lo tenía nervioso.

–Y tienes razones para estarlo, amigo –sonrió desde su inmovilidad en la cama–. Yo también lo estaría si me quedasen diez minutos de vida.

Aguardó un poco más, escuchando con atención para cerciorarse de que se mantenía la cadencia en la respiración de Alex y que los pasillos estaban silenciosos. Entonces fue incorporándose muy lentamente.

La cama se quejó débilmente, pero en el silencio de la noche a Dick le pareció el rugido de un león.

– ¡M...a! –golpeó con su puño en el colchón– ¿No eres capaz de soportar el peso de un pequeño ballenato?

Se mantuvo inmóvil en la incómoda posición de semi-incorporado. Con el chirrido de la cama la respiración de Alex se había detenido y Dick llegó a pensar que su compañero estaba despierto y atento a sus movimientos.

Permaneció rígido por diez segundos que a él se le antojaron diez horas. Entonces volvió a escuchar que Alex roncaba suavemente.

Puso los dos pies sobre el suelo y se incorporó. A continuación cogió la almohada y se deslizó a cámara lenta, tanteando con los pies antes de posarlos. Alex había insistido en bajar la persiana, por lo que la habitación estaba completamente a oscuras, pero él la conocía de sobra. En los dos últimos días no había hecho otra cosa que memorizar cada detalle de aquel cuarto.

–Un paso más y debo girar a la derecha –se dijo–. Entonces estaré justo delante de mi querido amigo.

Dio el paso y nada más girar notó que con la prominente densidad de su barriga había golpeado contra algo.

– ¡No! –gimió, y lo hizo demasiado alto–. ¡La silla que movió la entrometida de Naty!

– ¿Eh? –Alex se había despertado e intentaba saber qué era aquel movimiento. En un acto reflejo levantó la mano y pulsó el interruptor de la pequeña luz de su cabecera.

– ¡Dick! ¿Qué haces ahí? –se sobresaltó al ver frente a sí aquella inmensa figura. Un simple vistazo al rostro de Dick le hizo entender que algo iba mal. La tenue iluminación daba un aspecto aún más inquietante a la escena.

Sintió pánico al ver la sonrisa desquiciada que desfiguraba aquella cara redonda y grandísima empapada en sudor. Su largo cabello estaba alborotado, acentuando de forma terrorífica la imagen de locura en su rostro.

La almohada que Dick esgrimía entre sus manos puso a Alex completamente alerta. Fue instintivo. Supo, sin ningún género de dudas, que Dick le había conocido. Es más, tuvo la seguridad de que Dick siempre había sabido quién era y todo este tiempo había calculado el plan que ahora mismo estaba a punto de ejecutar.

De pronto recordó la conversación con Fran. No sabía si funcionaría, pero no se le ocurría nada más ni había tiempo para pensar.

–Oye, Dick –las palabras le salían atropelladas y nada convincentes–, cuando te trajeron a esta habitación te dije que tu cara me sonaba. Quiero decirte que ya sé de qué te conozco.

– ¡Hombre! –mostraba una expresión de puro placer. Alex supo que estaba ante un psicópata–. Mi archienemigo, Alex, se acuerda de mí.

–Sí. Tu amigo Fran me ha hecho recordarlo –intentó incorporarse, pero la enorme mano de Dick sobre su pecho le mantuvo pegado al colchón–. Tío, tengo que decirte que lo siento. Me pasé mucho contigo, pero solo era un niño, un imbécil que no sabía lo que hacía.

–Un poco tarde, ¿no te parece? –la mueca en la cara sudorosa de Dick era de pesadilla.

– ¿Qué puedo hacer para resarcirte? –era un ruego desesperado–. ¡Tío, me gustaría ayudarte!

–No te preocupes –el pánico de Alex le provocaba oleadas de placer–. No tienes que hacer nada. Ahora me toca a mí hacerlo.

A juzgar por el impresionante ruido que provocó, debieron abrir la puerta de una patada. El estrépito sobresaltó incluso a Dick, que se quedó petrificado.

Con una agilidad felina, los dos guardias de seguridad se abalanzaron sobre él haciéndole caer en el estrecho espacio que quedaba entre las camas, y con una destreza enorme le giraron hasta dejarle boca abajo. En dos segundos estaba inmovilizado de manos y pies.

Cuando todas las luces se encendieron el primer rostro que Alex vio fue el de Ana.

A su lado estaban Beth y Naty y un poco más atrás debía haber mil médicos y enfermeras, pero él solo vio a Ana. Lo miraba asustada. En una fracción de segundo Alex decidió que esa misma noche le declararía su amor. Los dos sabían lo que sentían el uno por el otro, pero nunca se lo habían dicho. Allí mismo le vinieron a la mente tres frases diferentes para expresar lo que sentía. Más tarde decidiría con cuál se quedaba.

Cuando pusieron boca arriba a Dick, lo primero que vio fue la cara de su madre. Nunca pensó que la tristeza pudiera cincelarse de ese modo en un rostro.

Luego le cegó un brillo metálico: el de las esposas de los dos guardias civiles que ya habían llegado. Enseguida sintió el frío metal en sus muñecas. Intentaron esposarle con las manos a la espalda, pero los brazos gordísimos y cortos no daban juego.

–Por delante –gruñó Bermúdez.

Cerraron los grilletes sobre las manos de Dick apoyadas en su inmenso vientre. Los aros de metal abarcaban a duras penas el diámetro de sus muñecas y le apretaban mucho, pero se negó a soltar un quejido. No pensaba mostrarse débil.

Nada más salir de la habitación escoltado por los dos agentes, lo vio acercarse: Fran corría hacia él por el pasillo.

Se detuvo a un lado de la comitiva que escoltaba a Dick. No se dijeron nada, solo cruzaron una mirada, pero Dick vio claramente que sobre la lámina de tristeza que empañaba los ojos de su amigo flotaban unas palabras:

"Solo hay una cosa peor que lo que ellos te hicieron a ti y es el odio que tú albergas hacia ellos. Ese odio destrozará tu vida y te hará más miserable. Convertirá en despojos lo que queda entero de ti. ¿Quieres conocer el antídoto para ese cáncer que te consume? Es muy simple: el perdón. Cuando les perdones te sentirás libre".

El hospital estaba envuelto en un silencio expectante. Solo se escuchaban los pasos de Dick y de los agentes que le escoltaban, pero en su mente seguía resonando el discurso de Fran: *El odio te encadena, el perdón te da alas. El odio es un cáncer, el perdón, medicina".*

Algo le pinchó en la prominente barriga. Dirigió sus manos esposadas al bolsillo de la ridícula camiseta de pijama cuyos botones apenas llegaban a abrocharse. A través de la fina tela palpó la punta metálica de un dardo. Pensó que llevarlo encima le daría suerte, pero evidentemente se había equivocado. Ahora sintió que la afilada punta de metal que tantas veces había perforado la odiada frase, hurgaba su corazón hasta destruirlo.

Con su otra mano rozó el leve abultamiento del otro bolsillo. Allí estaban los caramelos que don Cosme le dio años atrás y que él llevaba siempre, como un amuleto.

Pensó en la mañana de domingo, cuando por primera vez escuchó aquellas palabras.

Pensó, luego, en la diana que presidía su habitación:

–Ama a tu prójimo como a ti mismo –comenzó a repetir a cada paso–. Ama a tu prójimo como a ti mismo –primero lo susurraba, pero poco a poco fue subiendo el volumen de su voz–. Ama a tu prójimo como a ti mismo.

Cuando el agente le hizo agachar la cabeza para entrar al coche patrulla lo repitió en voz más alta.

– ¿Qué has dicho? –preguntó Bermúdez con tono de suspicacia.

–Ama a tu prójimo como a ti mismo –se lo dijo con la mirada perdida.

López se sentó a su lado, detrás de Bermúdez que conducía el Nissan Terrano.

– Oye –le dijo a Dick tras reflexionar unos instantes–. Pues no me parece mal lema de vida. Pero lo has descubierto un poco tarde, ¿no te parece?

47

–¡No! ¡Dios mío! –se incorporó de la mecedora donde últimamente pasaba la mayor parte de su tiempo y aproximándose a la televisión apretó con fuerza la Biblia que sostenía entre sus manos–. ¡Es Dick!

El anciano se ajustó las lentes y aproximó su rostro a la pantalla. Un chico extremadamente grueso era conducido al interior del acuartelamiento mientras una turba de gente le dirigía insultos e improperios.

–Lo que me temía –se lamentó Cosme casi al borde de las lágrimas–. Ha ocurrido justamente lo que me temía.

El locutor siguió desgranando la actualidad, pero Cosme ya no escuchaba.

– ¿Cómo lo estará pasando Elena? –suspiró–. Santo Dios, estará siendo horrible para ella.

A la mañana siguiente, en la habitación de las chicas no cabía un alfiler. Todos los muchachos estaban allí, además de los padres, esperando a que el doctor pasara con las altas médicas.

–Vaya, vaya –dijo sorprendida Virginia, la madre de Ana, mirando los folletos y la documentación que Hugo y Javián habían extendido sobre la cama–. No se os ha escapado ni un detalle.

–No falta nada –apuntó Javián orgulloso–. Aquí está la reserva en firme, el plano de cómo llegar, un reportaje fotográfico de la casa donde nos alojaremos y la lista de las mejores playas para bañarnos...

Los terribles acontecimientos de la noche anterior, lejos de retrasar el alta de Ana y de Alex, lo hicieron más aconsejable. La situación había sido traumática y se imponía un cambio de aires. Nada más apropiado que un fin de semana en la playa.

–Hasta los bronceadores tenemos preparados –rió Hugo–. Hemos pensado en todo.

–Supongo que me dejaréis ir con vosotros –dijo Virginia–. Si hace falta me ocupo de cocinar, pero yo también quiero broncearme.

–Está bien, mamá –bromeó Ana poniendo cara de resignación–. Pero solo tú.

–Eso –rió Beth–, no queremos más carrozas con nosotros.

Alex sintió que sus mejillas ardían. Iba a ir con ellos la madre de Ana. ¿Cómo se hacía en estos casos? ¿Tendría que pedirle la mano de su hija?

– ¡Qué tontería! –pensó enseguida. No hace ni cuatro horas que le he dicho a Ana que estoy por ella y ya estoy pensando en la pedida de mano.

Al recordar la conversación que Ana y él mantuvieron esa noche, sentía un vértigo muy placentero que nacía en el estómago.

Todo ocurrió rápidamente y de forma inesperada. Ninguna de las frases que había estudiado, y tenía ensayadas, le sirvieron para nada.

La Guardia Civil, al sacar a Dick de la habitación, arrastró consigo a todo el séquito de espectadores, pero Alex se quedó en su cama, estaba agotado y casi traumatizado por la experiencia vivida.

No pasaron ni cinco segundos cuando Ana entró y se aproximó.

– ¿Cómo estás, Alex? –le dijo con esa voz dulce, cuyo sonido le embriagaba.

–Enamorado –fue toda su respuesta. No lo había calculado, y mucho menos meditado. Simplemente lo dijo.

– ¿Qué? –Ana abrió los ojos desmesuradamente–. ¿Qué has dicho?

–Enamorado. Eso es lo que he dicho. Tú me has preguntado cómo estoy y yo te respondo que enamorado. Ana, estoy enamorado de ti.

Se hizo un silencio casi sagrado, aunque sus ojos se lanzaron mil mensajes. Luego él se incorporó un poco y ella se inclinó lo justo. Solo lo justo para que sus labios se rozaran.

– ¿Por qué el vello se eriza en momentos como este? –pensó Alex.

– ¿Por qué siento como un millón de hormigas correteando bajo mi piel? –pensó Ana–. Solo ha sido un roce de labios, pero ¡Dios mío! ¡Qué subidón tan increíble!

–Así que a la playa –Fran dio una fuerte palmada en la espalda de Alex, trayéndole de vuelta a la realidad–. ¡Qué suerte tenéis, chicos! Disfrutad mucho y daros un bañito por nosotros.

–Alex –Bernardo acababa de entrar en la habitación y se dirigía a su hijastro–, anoche no dejaba de sonar el teléfono en casa. Todos querían saber cómo te encontrabas. Llamó, incluso, un tipo al que yo no conocía de nada.

– ¿Quién? –miró a su padrastro con frialdad. El tiempo había pasado y Bernardo había cambiado, pero la herida aún no estaba cerrada. Al menos no del todo.

–Estábamos a punto de acostarnos cuando llamó un tal Cosme.

– ¿Cosme? –a Alex no le sonaba de nada.

– ¡Cosme! –Fran reaccionó primero-. ¿Puede ser mi profesor de escuela dominical?

–Creo que sí –afirmó Marta, la madre de Alex–. Dijo que conocía a Dick desde que era muy pequeño. Estaba muy apenado por lo ocurrido.

– ¡Cosme! –exclamó Fran–. No me lo puedo creer. Hace más de cinco años que Rebeca y él se trasladaron a vivir a la costa. Su reuma no les dejaba vivir y no tuvieron más remedio que buscar un clima cálido.

–¿Para qué llamó? –quiso saber Alex.

–Dice que te vio en las noticias y localizó nuestro número en la guía –aclaró Bernardo–. Quería saber cómo te encontrabas.

–Oye, Alex –Naty se acercó con una servilleta y un bolígrafo–, eres un tío famoso. ¿Podrías firmarme un autógrafo?

Todos se rieron.

–Cosme... –repuso Fran–. El bueno de don Cosme. Cómo me gustaría volver a verle.

Elena estaba desesperada. En el instante en que vio entrar a su hijo en el furgón policial, su reloj se detuvo y también su vida.

Probablemente no serviría de nada, pero fue al acuartelamiento de la Guardia Civil y pidió ver a Bermúdez.

–¡Qué sorpresa, señora Sánchez! –enfatizó el apellido, recordando el numerito que Elena le había montado por el dichoso Ruiz–. Siéntese –señaló la silla que había frente a su mesa–. Me pilla comiendo, pero dígame, ¿en qué puedo ayudarla?

–Vengo a rogarle clemencia para Dick.

Bermúdez dio un enorme mordisco a su sándwich vegetal y no esperó a tragar para mostrar su sorpresa.

–¿Qué tenga clemencia? –hizo una mínima pausa para aliviar la sobrecarga de su boca–. Creo que se confunde. Yo no soy juez, sino un simple miembro de los cuerpos y fuerzas de seguridad del Estado.

–Estoy segura de que habrá algo que pueda hacer.

–Señora –lanzó un segundo mordisco que dejó el sándwich en menos de la mitad–, aunque yo quisiera hacer algo, la culpabilidad de Dick es tan evidente que no habría por dónde meter mano.

La mayonesa asomaba por la comisura de sus labios, y el huevo cocido junto a la lechuga se batía dentro de su boca que abría al masticar.

La frustración y la repugnancia llevaron a Elena al borde de la arcada.

– ¿Es que aquí no tienen comedor? –no ocultó su asco.

–Le diré lo que tenemos –se limpió la mayonesa con el dorso de su mano–, tenemos un disparador de pintura convertido en ametralladora, un uniforme de *paintball* que chorrea el sudor de su hijo y una inagotable colección de huellas de Federico Sánchez, ¿le conoce? –lanzó un nuevo bocado y el sándwich desapareció–. No, aquí no tenemos comedor.

Elena se puso en pie con tal violencia que tiró la silla, y del portazo que dio al abandonar el despacho de Bermúdez a punto estuvo de terminar con los cristales.

Corrió a casa y subió a su dormitorio. Era la hora de comer, pero ella ni lo sabía. Bajó del todo las persianas, y tumbada sobre la cama lloró por largo rato hasta que, agotada, cayó en un sueño profundo.

De repente abrió sus ojos sobresaltada. Un ruido que venía del pasillo la había despertado. Aguzó el oído y no le quedó la menor duda: eran pasos.

Pero en casa no había nadie.

Dick había ingresado en prisión preventiva y su marido tampoco podía ser. Él estaba... estaba... ¡Le importaba un bledo donde estuviera ese imbécil que les había abandonado hacía años!

Se sentó en la cama.

Los pasos estaban cada vez más cerca. Dejó de respirar para oírlos mejor.

Entonces se detuvieron. Estaba segura de que se habían detenido al otro lado de la puerta de su dormitorio.

La claridad que entraba por la cristalera del pasillo le permitió ver una sombra bajo el resquicio de la puerta.

Alguien estaba allí. Sintió que su corazón se desbocaba y latía con tal fuerza que podía escucharlo. Intentaba pensar, cuando observó que el pomo de la puerta giraba lentamente y la hoja de madera se movió emitiendo un débil chirrido.

Quería gritar, pero no podía.

Miró hacia la ventana de su dormitorio valorando la opción de saltar al exterior, pero no le daría tiempo a subir las persianas; además, sus piernas no le respondían.

La puerta ya estaba completamente abierta y la luz del pasillo perfiló una forma humana en su umbral.

– ¿Eres? –la voz apenas le salía y aquella silueta seguía avanzando. Era muy gruesa y aumentaba de tamaño a medida que se acercaba, el perfil de la cabeza, cubierto de rizos desordenados, hizo que Elena pensara en el actor secundario de los Simpson. Ahora estaba a metro y medio de la cama–. Dick, ¿eres tú?

Fueron tres segundos de silencio que a ella le parecieron toda una vida.

–Mamá, ¿tú me quieres? –habló, por fin, mientras la observaba con una mirada perdida y desquiciada. Las gotas de sudor escurrían por su rostro. ¡No! No era sudor, eran lágrimas–. ¿Me quieres mamá? –repitió–. No, ¿verdad? Nadie me quiere.

Elena reparó en los brazos de Dick que se extendían hacia ella. Su antebrazo estaba lleno de cortes a la altura de las muñecas.

Entonces saltó de la cama gritando fuera de sí. Se abalanzó hacia su hijo para abrazarle, besarle y decirle que sí; que le amaba con todo su corazón y que moriría por él...

Saltó, y en el impulso... ahora sí, se despertó de la terrible pesadilla.

Dick no estaba allí.

No estaba frente a ella, pero ocupaba toda su mente.

Con el dorso de la mano se enjugó la mezcla de lágrimas y sudor que resbalaban por su rostro.

Sentada en la cama se sintió muy débil. Lentamente probó a ponerse en pie, casi sin fuerzas se acercó al teléfono y llamó a Naty. Tras dejar sonar diez tonos entendió que no había nadie en su casa. Probó al móvil, pero estaba desconectado.

Entonces llamó a Fran.

—¡Por fin hemos llegado! –gritaron todos en cuanto el monovolumen que conducía Virginia tomó la última curva y vieron de frente la casa.

– ¡Guau! –exclamó Javián–. Es mazo de grande. Mola más que en las fotos.

– ¡Es flipante! –aplaudió Alex– Recuerda a un castillo.

Se trataba de un edificio de aspecto rústico, pero imponente, con dos pisos de altura y sobre ellos un mirador que abarcaba toda la superficie de la casa.

Enseguida estaban todos dentro admirando el enorme salón que tenía las paredes recubiertas de piedra hasta media altura, y unas grandes cristaleras que daban directamente al mar.

Subieron a la primera planta donde estaban las habitaciones. No eran muchas, pero sí muy amplias. En una había tres camas muy grandes y disponía, además, de un amplio cuarto de baño incorporado. Rápidamente la eligieron las chicas.

La siguiente puerta correspondía a otro aseo en el que no faltaba ningún detalle, incluyendo una bañera que despertó las exclamaciones.

– ¡Madre mía! –Virginia era quien más apreciaba esos detalles–. Si parece una piscina. Ya querríamos José y yo tener algo así en nuestra casa.

La siguiente dependencia era otro dormitorio un poquito más pequeño, pero que contaba con tres camas separadas por mesillas. Lo más llamativo de esta habitación era el gran ventanal que ocupaba toda la pared del fondo y desde el que se alcanzaba a ver la inmensa extensión del mar Mediterráneo.

– ¿Qué os parece chicos? ¿Nos quedamos aquí? –propuso Alex–. No tenemos baño dentro, pero a cambio contamos con unas vistas flipantes.

–Voto que sí –dijo Hugo, y Javián estuvo de acuerdo.

La última puerta reservaba la sorpresa de ser una amplísima habitación con forma circular, en cuyo centro había una cama de matrimonio de dos metros de largo por dos de ancho. Frente a ella, a través de una puerta se accedía a un balcón que ofrecía la misma perspectiva que el ventanal de los chicos, y a la derecha de la cama había una sugerente chimenea, decorada al más puro estilo barroco.

Virginia observó cada detalle sin poder cerrar la boca a causa del asombro.

–Mamá –se rió Ana–, te estoy leyendo el pensamiento y dice más o menos así: "Me la quiero llevar... quiero llevarme esta habitación a mi casa".

–Es justo lo que estaba pensando –confesó su madre–. Pero como me temo que no será posible, la voy a disfrutar todo lo que pueda mientras estemos aquí.

Regresaron al principio del pasillo. Desde allí se dominaba el salón y nacían unas escaleras anchas y empinadas.

– ¿Subimos? –propuso Naty.

–Adelante –consintió Alex, incapaz de eludir su personalidad de líder–. Esto debe llevarnos al mirador.

Así era. El último peldaño les situó directamente en el exterior, donde una suave brisa con olor a mar llenó todos sus sentidos.

Se apoyaron en la barandilla y contemplaron extasiados la preciosa vista que se les ofrecía. El sol, redondo y casi rojo, comenzaba a rozar la superficie de un mar ligeramente encrespado, y el sonido de las olas al golpear contra las rocas resultaba impresionante a la vez que inspirador.

Varias gaviotas se deslizaban suavemente y dejaban escapar su peculiar graznido, que en ocasiones parecía un gemido casi humano.

Pasó media hora sin que nadie se animara a abandonar esa gran terraza.

Cuando la circunferencia del sol parecía haber sido tragada por las aguas y sus últimos rayos formaban un bello abanico en el horizonte, cayeron en la cuenta de que todavía tenían que desempacar el equipaje y preparar algo para la cena.

Dos horas después todos dormían plácidamente. El largo viaje, unido a las emociones de los últimos días, les habían dejado agotados y vieron prudente irse pronto a descansar para aprovechar al máximo el siguiente día.

En el exterior la luna llena compartía su señorío con los millones de estrellas que convertían el cielo negro en un cuadro de extasiante belleza.

Era una noche clara y hermosa, pero la persona que estaba sentada sobre el banco de piedra, situado justo enfrente de la casa, no parecía disfrutarlo.

Miró al mar y al camino que la luz de la luna formaba sobre su superficie.

–Ama a tu prójimo como a ti mismo –susurró, desviando la mirada hacia las ventanas tras las que los muchachos dormían.

El grito quebrado de la gaviota pareció una respuesta a la sentencia que se había alzado desde el banco de piedra.

–Ama a tu prójimo como a ti mismo –repitió un poco más alto, y la gaviota devolvió dos graznidos, estremecedoramente parecidos al llanto de un bebé.

51

El sábado amaneció muy pronto en la casa del acantilado y aquella mañana el júbilo era la nota predominante.

Aunque el viernes llegaron tarde y agotados por el viaje, los primeros rayos de luz despertaron a todos, que se levantaron de inmediato dispuestos a sacar el máximo rendimiento al fin de semana.

Pero mientras se mojaba los ojos hinchados por la falta de sueño, Beth supo de inmediato que se había levantado con el pie izquierdo; no le quedó la menor duda.

Ni el sol radiante, que al parecer iba a acompañarles todo el fin de semana y que hoy brillaba con una fuerza inusitada, ni los planes de acudir todos a la playa y pasar allí un buen rato bañándose y bronceándose... nada lograba que ella sonriera.

De hecho era eso último lo que más desazón le provocaba: broncearse bajo el sol.

Sentía pánico y también asco de mostrar su cuerpo en bañador.

Los fantasmas del ayer resurgieron y los complejos que ella creía superados habían regresado con fuerza redoblada.

Sentía repulsión de su cuerpo.

Todos pensaban que ya estaba superada su crisis. Todos menos ella. Si bien era cierto que aquella angustia había dormitado en los últimos días, en la tarde de ayer se despertó el monstruo del auto rechazo. Todo pareció comenzar cuando observó la estilizada figura de "la sílfide Ana"; aquellos pantalones vaqueros le quedaban como un guante.

Quería un montón a su amiga, pero a veces resultaba odiosa. Por más que comía nunca engordaba. Ella, por el contrario, cuanto menos comía más gorda se ponía.

Y encima Javián decidió cumplir la promesa que había hecho la noche anterior:

– ¡Escuchad! –dijo durante la cena–. Mañana voy a prepararos un desayuno que no olvidaréis en la vida.

Todos aplaudieron la iniciativa y cuando la madre de Ana se brindó a ayudarle, Javián rechazó el ofrecimiento.

–No, Virginia –dijo amablemente–. Aproveche y duerma un poco más, que del desayuno me ocupo yo.

Dicho y hecho: se levantó temprano y se puso manos a la obra, cumpliendo su palabra con creces.

Uno tras otro fueron despertando y mientras se desperezaban se aproximaban a la barandilla de la primera planta, atraídos por el delicioso aroma que subía de la cocina y llenaba la casa. El olor del café recién hecho se mezclaba con el de un delicioso chocolate a la taza. Pero otro aroma competía logrando hacer sombra a los anteriores: unas deliciosas tortitas calientes ocupaban varios platos y en otros lo que humeaba era la mezcla de huevos revueltos con jamón.

– ¡Hummm! Huele delicioso –Ana olfateaba con los ojos cerrados–. ¡Vaya mesa que has preparado! Está diciendo: "Cómeme".

Hugo se asomó a la barandilla y grito:

– ¡Bajo volando! Yo no me pierdo ese festín.

La madre de Ana bromeó.

–Hoy me salto la dieta. Un día es un día.

Beth miró el chocolate, la fuente llena de tortitas, los huevos revueltos con jamón y el bol que rebosaba cereales, y sintió arcadas.

–Beth, ¿das tú las gracias? –preguntó Alex.

Bendecir la mesa era una costumbre que había en casa de Virginia y les pareció correcto ser respetuosos.

Pero ella trasladó el ofrecimiento.

– ¿Lo haces tú, Ana, por favor?

Todos inclinaron la cabeza y Ana oró.

–Te damos las gracias, Señor, por todos los alimentos que recibimos de tu bondad; y pedimos por todos tus hijos, en especial por los que sufren...

Así discurrió el desayuno. Los platos pasaron de mano en mano, hasta quedar completamente vacíos. No quedó una gota de café, ni tampoco de chocolate. Pero Naty observaba preocupada cómo Beth dejaba pasar frente a ella todas las fuentes de comida, sin sucumbir a los encantos de ninguna. Rechazaba, con una educada sonrisa, las invitaciones que le hacían para que se sirviera, y cuando Ana le insistió, la reacción de Beth fue desmedida.

–Venga, Beth, anímate –le dijo Ana–. Ponte un poco de este revuelto de huevos con jamón. Hummm –cerraba los ojos al decirlo–. Están simplemente deliciosos.

– ¿Quieres dejarme en paz? –el rostro de Beth se puso rojo de ira–. Te he dicho que no tengo hambre. ¿Es que todos van a tener que enterarse de que estoy menstruando y por eso no tengo apetito?

Se hizo un silencio pesado y Ana, avergonzada, agachó la cabeza.

Por fortuna Hugo supo intervenir.

–Ana, pásame a mí esa fuente –le guiñó un ojo con complicidad–. A mí todavía no me ha bajado la regla y tengo un hambre de lobo.

Después del desayuno se arreglaron para salir. Valía la pena aprovechar un sol tan radiante, así que se llevaron algo para comer en la playa. Virginia prefirió quedarse en casa.

–Me encanta la vista que hay desde ese mirador –señaló a la parte alta de la casa–. Colocaré allí una hamaca y pasaré el día leyendo y tomando el sol.

Los chicos se pusieron en camino.

Ya desde lo alto del acantilado pudieron comprobar que el mar era como una lámina de cristal. La quietud del agua y su transparencia, permitían ver el fondo de arena blanca.

– ¡Guau! –exclamó Alex–. ¡Vaya imagen! Poneos todos ahí, cerca del acantilado. Quiero hacer una foto.

Observaron con tristeza que Beth desoyó la petición y siguió caminando. Al parecer no tenía el cuerpo para fotos.

Seguía en el mismo banco de piedra donde se había sentado la tarde anterior. Allí pasó toda la noche valorando cien opciones para administrar venganza. Por momentos sintió mucho frío, ya que la humedad del mar caló hasta sus huesos. Pero no se movió de allí. Tenía una misión que cumplir y no abandonaría aquel lugar hasta haberla concluido.

Giró su cabeza y sus ojos, abiertos en exceso y de mirada ida, enfocaron la casa. Ahora el sol radiante permitía admirar en toda su belleza la impresionante construcción donde ellos estaban pasando un divertido fin de semana.

Una ráfaga de viento templado movió su largo cabello mientras se incorporaba sintiendo que la envidia y el rencor corroían sus intestinos.

–Es injusto –las palabras se escurrieron entre los dientes apretados–. Completamente injusto. Juro que no permitiré que las cosas queden así –hizo una cruz con los dedos índice y pulgar de su mano derecha y la besó.

Apenas tuvo tiempo de quitarse de en medio, cuando el grupo de chicos y chicas salió de la casa.

Los observó desde su escondite entre los árboles. Vio como jugaban y reían, gastándose bromas y empujándose.

–Tan contentos… –murmuró con amargura–. Viven felices. Aunque aquella raquítica y huesuda, ¿cómo se llama? ¿Beth? no tiene cara de buenos amigos –sus dientes rechinaron–. Me ocuparé de que al final del día ninguno tenga razones para reír.

Cuando el grupo estuvo a una prudente distancia se aproximó a la puerta y al apoyarse en la hoja de madera, esta cedió, abriéndose.

– ¿Serán confiados? –una risa cínica y amarga se escurrió de su garganta–. Se marchan y dejan el castillo abierto. Mejor para mí –decidió–. No tendré que malgastar energías en forzar cerrojos, las reservaré para luego.

53

Cuando los chicos se hubieron marchado Virginia subió al mirador de la casa donde planeaba pasar la mañana tomando el sol y leyendo. Se quitó el vestido playero, quedándose en bañador, y se acodó en la barandilla desde donde contempló cómo los muchachos se alejaban rumbo a la playa.

Cerró los ojos y respiró profundamente. El olor a mar entró por todos sus sentidos y percibió que se relajaba.

Estaba contenta de haberles acompañado y feliz de que ellos hubieran aceptado su presencia.

–No todos los chavales de su edad admiten la intromisión de "carrozas" –pensó, recostada aún en la barandilla, mientras les veía alejarse.

No era desconfianza en ellos lo que le llevó a estar allí, sino la preocupación por su estado de salud. Alex y Ana se recuperaban muy bien, pero aún era pronto para hablar de un restablecimiento total, y la situación de Beth era todavía muy delicada. Todos los padres estuvieron de acuerdo en que al menos un adulto debería acompañarles. Virginia era la única que no trabajaba fuera de casa, por lo que tuvo todas las papeletas para estar allí.

Planear el viaje fue lo peor. Le agobiaba preparar maletas. Pero una vez allí, bajo el sol templado y con la maravillosa perspectiva del mar Mediterráneo, decidió que había valido la pena.

–A tumbarme panza arriba y a gozar de la vida –volvió a respirar profundamente y colocó la hamaca de modo que le permitiera disfrutar de aquella vista privilegiada–. ¡Vaya! –replicó con un poco de fastidio– se me olvidó subir el bronceador. ¿Dónde lo dejé? –se rascó la cabeza haciendo memoria–. ¡Ah! Ya recuerdo. Esta mañana vi que Ana se lo aplicaba antes de salir y luego lo dejó sobre la mesa del salón.

Volvió a ponerse el vestido playero para bajar al salón. Sentía pudor de caminar por la casa en bañador. Era como andar en paños menores.

Cuando llegaron a la playa apreciaron aún más la quietud del agua. Era delicioso ver el fondo, surcado en ocasiones por pequeños bancos de peces que se movían en grupos, todos en la misma dirección, como siguiendo las silenciosas órdenes de un líder.

El silencio de aquella playa desierta se vio roto por el grupo de chicos y chicas que corrían, se salpicaban y reían. Beth, sin embargo, permanecía en su toalla, sin quitarse la camiseta ni el largo pareo que solo dejaba sus pies al descubierto.

– ¡Beth ven a bañarte! –Naty la llamó desde el agua, agitando sus brazos– ¡El agua está deliciosa!

–No respondió –tan solo torció su boca en un mohín de desprecio. Siempre le ocurría igual: cuando comenzaba a despreciarse a sí misma, no podía dejar de proyectar ese desprecio hacia los demás.

Decidió alejarse del grupo caminando por la playa, con su camiseta que tapaba su torso y su pareo hasta los tobillos.

Javián la observó preocupado. Al verla alejarse no pudo evitar que los detalles sobre el problema de su amiga vinieran a su mente. La descripción que Naty le hizo aquel día resultaba escalofriante: *la delgadez de Beth me horrorizó cuando la encontré caída en el suelo. Los brazos y las piernas eran simples huesos con una lámina de carne. El pecho era inexistente y el abultamiento de las rodillas monstruoso. Era un esqueleto, Javián* –le había dicho estremecida– *un esqueleto recubierto de piel.*

Al observar cómo Beth se alejaba, tembló ante la posibilidad de una recaída.

– ¿Quieres que vaya con ella? –le dijo a Naty.

–No, es mejor que la dejemos. No le vendrá mal reflexionar un poco a solas. Simplemente tiene un mal día.

55

Entró en la casa caminando casi de puntillas y con una maléfica sonrisa en su rostro. Había sido una sorpresa encontrar la puerta abierta. Por fin algo se ponía de su lado.

Una vez dentro, admiró el amplio salón.

– ¡Qué cantidad de espacio! –replicó mientras un rictus de envidia torcía su cara–. Ya quisiera yo que mi casa fuera la mitad de grande.

La corriente, provocada por las ventanas abiertas, empujó la puerta y la cerró de golpe.

– ¡M...a! –replicó poniéndose la mano sobre el corazón–. ¡Vaya susto!

Respiró varias veces para serenarse.

–Veamos cual es el método más efectivo para aplicar la justa venganza –volvió a esbozar una horrible sonrisa–. Lo primero es conocer la casa. La investigaré palmo a palmo –se movía con mucha agilidad, casi flotando–. Luego decidiré qué lugar es más apropiado para esperarles.

La playa terminaba en un espigón natural en el que las rocas se amontonaban formando una pequeña elevación. Beth comenzó a escalar aquellas piedras muy lentamente. Las zapatillas de playa no eran el mejor calzado para practicar el alpinismo, así que avanzaba despacio, apoyando sus manos para ayudarse en el ascenso. En uno de sus avances su mano se posó junto a una flor que surgía de entre las rocas. Se detuvo, extrañada. Lo primero que atrajo su atención fue la rareza de ver una flor solitaria brotando entre las piedras, pero luego sus sentidos fueron captados por su exclusiva belleza. Los pétalos eran amarillos y de una carnosidad inusitada. Albergaban unos pistilos grandes y de un intenso naranja que competía con el colorido de los pétalos. Un tallo delgado, pero firme, la alzaba del suelo más de veinte centímetros.

Beth la contempló admirada.

– ¡Qué flor tan bonita! –no pudo evitar exclamarlo.

Agachándose, acarició los pétalos y luego sostuvo uno de aquellos pistilos entre sus dedos.

–Qué tallo más largo y estilizado –comentó recorriendo su superficie con un dedo.

A partir de ahí cambió la situación. Relacionó "tallo" con "talle" y reparó en las características de la flor: alta, delgada y atractiva. Todas las propiedades que ella anhelaba y de las que creía carecer. Entonces se sintió puesta en evidencia por una planta.

Se sintió inferior y fea.

– ¡Maldita seas!

No pronunció la maldición, sino que la escupió mientras pisaba la flor, aplastando con furia sus jugosos pétalos contra la roca.

Reanudó el ascenso con el rostro deformado por la amargura.

—Por cierto –pensó Virginia–. Ya que bajo por el bronceador, miraré el gas de la cocina. Esta mañana guisó Javián y no me fío ni un pelo de que haya cerrado bien todos los mecanismos.

Se dispuso a descender, y nada más poner el pie en el primer peldaño un ruido seco, como un portazo, sonó en la planta baja.

– ¿Habrán vuelto los chicos? –pensó–. Seguro que se les ha olvidado algo ¡Ana! –gritó– ¿Estáis ahí?

No hubo ninguna respuesta.

Virginia se detuvo y escuchó. Juraría que ahora sonaba un ruido de pisadas.

Se encontraba en el tramo más alto de las escaleras, y más abajo estas hacían un giro, por lo que desde allí no se alcanzaba a ver el salón.

– ¡Chicos! –repitió más alto–. ¿Sois vosotros?

Nadie respondió.

Aguzó el oído y no le quedó ninguna duda. Alguien subía por las escaleras.

58

Avanzó por el amplio salón y cuando estuvo cerca de las escaleras, una voz proveniente de la planta superior sonó como un trueno en medio del silencio:

– ¡Ana, estás ahí!

Este nuevo susto se sumó al sobresalto provocado por la puerta al cerrarse. No esperaba que hubiera nadie en casa y el imprevisto casi hizo que perdiera los nervios. Apretó los puños con ira y miedo.

¡Claro! –maldijo en voz baja–. Ahora caigo en que no vi que la madre de Ana saliera con ellos. ¡Maldita sea! –volvió a apretar los puños hasta que los nudillos se pusieron blancos–. Tendré que encargarme de ella.

Se precipitó a la cocina lo más silenciosamente que pudo y cogió un cuchillo de enormes dimensiones.

Su mano temblaba ostensiblemente. No le gustaba nada el rumbo que tomaban los acontecimientos. Nunca calculó llegar tan lejos, pero ya no había marcha atrás. Todo estaba decidido.

Justo cuando comenzaba a subir las escaleras, escuchó el segundo reclamo:

– ¡Chicos! ¿Sois vosotros?

–No son ellos... –lo dijo para sí, con una voz susurrante muy parecida al siseo de una serpiente–, ni volverás a verlos nunca más...

Fue justo cuando Beth reanudó el ascenso cuando escuchó a sus espaldas un silbido de admiración. Se detuvo un instante, pero no se atrevió a volver la cabeza.

–No será para mí –se dijo con seguridad y cierta decepción–. ¡Quién me va a silbar a mí!

Siguió avanzando, pensando en las ocasiones en que había escuchado cómo otros piropeaban a las chicas. Siempre le dio envidia y deseó con todas sus fuerzas ser ella el blanco de aquellas frases.

– ¡Guapa! –sonó la voz a sus espaldas.

Se detuvo de nuevo. El timbre de aquella voz no podía ser más sugerente. Haciendo acopio de todo su coraje se giró y miró hacia el lugar de donde vino el piropo.

– ¡Hola! –ahora no le quedó la más mínima duda, el saludo era para ella. Allí, abajo, había un ángel rubio, de más de metro ochenta y cuerpo musculoso cubierto solo con un bañador. Le sonrió a la vez que le hizo una pregunta– ¿Cómo te llamas? – sin aguardar la respuesta, el tipo macizo escaló en dos saltos la pendiente que a ella le había costado quince minutos de sudor y esfuerzo. Antes de que Beth se diera cuenta, aquel bombón estaba a su lado.

Virginia estaba paralizada. Nunca había sido miedosa, pero en esta ocasión no podía evitar sentir algo cercano al pánico. ¿Por qué nadie respondía? Sin embargo, estaba segura de oír pasos en la escalera.

– ¿Quién es? –preguntó de nuevo. En esta ocasión solo un hilo de voz pudo escurrirse por su garganta completamente seca y estrechada por el miedo–. ¿Quién está ahí?

El sonido de pisadas era cada vez más lento y sonaba justo al otro lado del giro de escalera que quedaba oculto de su vista.

Virginia contuvo la respiración cuando una sombra cayó sobre los últimos escalones que alcanzaba a ver. Quien fuera que estuviera allí, estaba a punto de dar la cara.

Era tal el pánico que tuvo que taparse la boca para no gritar.

Un paso más... un peldaño más y entonces pudo verla... y también escucharla...

– ¡Hola, Virginia...! –la voz de la aparición sonó desquiciada, como de quien está en pleno trance de locura–. Qué gusto tener tan cerca a la mamá de la guapa Ana...

– ¿Quién eres? –forzó la vista intentando reconocer a aquella mujer desaliñada, de pelos alborotados y aspecto intimidante.

–No me digas que no me conoces –era evidente que estaba padeciendo un trastorno mental. El gesto risueño parecía amable, pero su forma de moverse y vocalizar, así como el cuchillo que ocultaba a medias tras la espalda, dejaban claro que era muy peligrosa–. ¿Has olvidado a la mamá de Dick? ¿No te acuerdas de ese gordito que está pudriéndose en la cárcel mientras tú y tu hija tomáis el sol tranquilamente?

– ¿Elena? –no la conocía demasiado. Apenas cruzaron unas palabras en el hospital, pero tenía referencias de ella. Sin embargo, ahora estaba irreconocible.

–Sí... Elena, ese es mi nombre –ahora exhibió el cuchillo y Virginia reparó en su enorme tamaño. Lo levantó apuntándola con él–. Tu hija y sus malditos amigos han mandado a mi niño a prisión. Todos están contra Dick...

–Escucha –Virginia intentó controlar el pánico y componer una frase coherente–, nadie está contra tu hijo. ¿No entiendes que fue él quien intentó asesinar a Ana y a Alex?

Las palabras de Virginia surtieron un efecto terrible. Elena echó la cabeza hacia atrás poniendo los ojos en blanco mientras alzaba la mano con la que empuñaba el cuchillo.

– ¡Jamás! –prolongó de forma escalofriante la última silaba–. ¡Dick nunca quiso hacer daño a nadie! ¡Todos estáis contra él!

Elena había avanzado dos escalones y Virginia los retrocedió. Apenas les separaban cinco peldaños.

–Elena –la voz de Virginia sonó a ruego–, déjame ayudarte. No empeores las cosas y deja que te ayude.

– ¿Acaso puedes sacar a Dick de la cárcel? –el rostro de Elena se ablandó y parecía suplicar cuando dijo lo siguiente– Dime, ¿puedes hacer que mi hijo salga libre?

–No puedo hacer que dejen libre a Dick, pero...

– ¿Entonces qué ayuda quieres darme? –la locura regresó con fuerza redoblada. Saltó dos peldaños mientras cortaba el aire con el cuchillo. Virginia intentó retroceder, pero su tobillo se torció y cayó de espaldas.

Elena se detuvo justo frente a ella. Desde la perspectiva de la aterrorizada mujer que estaba caída a sus pies, parecía asombrosamente alta. Tenía la mirada perdida y el rostro descompuesto por la ira. Virginia recordó la descripción que Alex hizo de Dick, al relatar la agresión que sufrió en el hospital: *"Era aterrador, no había visto un gesto así ni en mis peores pesadillas. Todavía, cuando cierro los ojos, veo esa mirada de psicópata y siento pánico"*.

Era eso... exactamente eso, lo que ahora veía Virginia, y también lo que sentía.

– ¿Comprendes que no es justo? –Elena se agachó y pasó el filo del cuchillo por la cara de Virginia–. ¿Comprendes que no es justo que vosotros estéis disfrutando del sol y la playa mientras mi hijo se consume en una celda? No es justo... desde luego que no... –sin previo aviso liberó una risa desquiciada–. Si él no es feliz, nadie más lo será...

—Soy Ángel –le dijo aquel bombón de casi dos metros de altura-. ¿Tú cómo te llamas? –el chico hizo el ademán de besarla en la mejilla, a modo de saludo y ella no se lo impidió.

"Ángel –pensó Beth mientras correspondía a su saludo–. Me lo imaginaba. Con esa cara y ese cuerpo no podía llamarse de otra forma. Aspiró el intenso aroma mientras besaba la mejilla del chaval. ¡Hummm! ¿Cómo puede un chico en bañador oler a colonia cara?"

–Me llamo Beth –dijo con timidez y mirando al suelo.

– ¿Beth? –el muchacho se agachó cómicamente para mirarla a los ojos–. Me encanta el nombre, es tan bonito como tú.

Estaba comenzando a sentirse realmente halagada. La simpatía de aquel chico y su forma de apreciarla era algo que llevaba mucho tiempo buscando.

Por fin le sonrió.

–Eso está mejor –el chico rozó con sus dedos la mejilla de Beth y ella sintió que se le erizaba el vello–. Tienes una sonrisa preciosa. Dime Beth, ¿te gustaría dar un paseo por la playa? –señaló al suelo rocoso sin dejar de sonreír–. No llevo zapatillas y estas piedras me están destrozando los pies...

–Vale –sentía la garganta seca y no le salieron más palabras.

–Dame la mano, te ayudaré a descender.

La mano de aquel chico era firme y sus brazos musculosos.

Se dejó llevar.

–Aunque sea al mismo infierno –pensó Beth–. Me dejaría llevar por esta mano hasta a las mismas puertas del infierno.

– ¿Es la primera vez que vienes por aquí? –aquella voz sonaba cada vez más varonil.

–Sí, es la primera vez.

–Entonces ¿no conoces este lugar?

–No, no lo conozco –se mordió los labios mientras pensaba "¿es que no voy a hacer otra cosa que repetir sus palabras? Va a creer que soy tonta…".

– ¡Ven! –el tío macizo tiró de su mano llevándola hacia un montón de rocas–. Quiero que conozcas esto.

Beth le acompañó silenciosamente, aunque una sensación de peligro comenzó a despertarse en su interior.

Por un instante se resistió, deteniéndose.

El muchacho se giró, la sonrió y ella bajó de nuevo todas las defensas.

La punta del cuchillo seguía apoyada en su mejilla y aquellos ojos inyectados en sangre y fuera de sus órbitas le provocaban escalofríos de pánico.

–Elena –no sabía bien qué decirle, pero estaba segura de que su único recurso era intentar ganar tiempo–. Vayamos al salón... hablemos de Dick. Tal vez se nos ocurra alguna forma de ayudarle.

Eran las palabras que ella quería escuchar. Retiró el cuchillo, aproximándolo a su seno, y lo abrazó como si fuera su hijo.

–Vas a ayudarle ¿verdad? –oprimía el metal cortante como si arrullara a un bebé–. Tú sabes que mi niño es bueno, por eso vas a ayudarle.

Virginia observó, horrorizada, cómo aquella mujer acariciaba el filo cortante imaginando que era el rostro de su hijo; se produjo varios cortes en los dedos y la sangre empezó a chorrear por sus manos, pero ella no se daba cuenta. Definitivamente había perdido el juicio.

Sintió que estaba ante una mujer totalmente loca y capaz de matarla. Hacerle alimentar falsas esperanzas podría ser nefasto y volverse luego contra ella.

La sangre había teñido parte de la camisa blanca de Elena.

–Escúchame –intentó incorporarse un poco, pero ella se lo impidió empujándole con el pie–. Elena, Dick está bien, el tiempo en prisión le hará reflexionar...

Supo de inmediato que acababa de cometer un error fatal. Nunca debió mencionar la prisión y a Dick en la misma frase.

– ¡Nooo! –Elena agarró la empuñadura del cuchillo con ambas manos y lo descargó sobre el pecho de Virginia–. ¡Dick no está bien! ¡Está en la cárcel!

Virginia cerró los ojos y entendió que todo se acababa. Pensó en Ana, la imaginó bañándose y bronceándose al sol, casi sonrió al saberla segura. Luego pensó en José, su marido, el pobre estaría trabajando...

Las lágrimas brotaron sin previo aviso, ¡cuánto lamentaba no poder despedirse de ellos!

Bordearon las rocas y al otro lado todo era silencio. Un silencio matizado solo por el rumor de las olas a sus espaldas.

–Siéntate –el chico puso la mano sobre el hombro de Beth haciendo una mínima presión, pero fue suficiente para que ella se posara sobre la fina arena, apoyando su espalda en las piedras.

Él se sentó a su lado.

–Cierra los ojos y escucha –Ángel lo hizo y ella le imitó–. ¿Verdad que el ruido de las olas es relajante?

–Y encima romántico –pensó Beth–. Guapo y romántico, ¿qué más se puede pedir?– Sí –dijo sin abrir los ojos–. Es muy relajante.

Fue entonces cuando sintió sobre sus labios una ligera presión. Abrió los ojos sobresaltada y descubrió los ojos del chico justo delante de los suyos.

Estaba besándola.

Una lucha se desató dentro de Beth. Las palabras de su amiga Ana resonaron con absoluta nitidez: "Sentí asco... ahora no iría tan deprisa... nuestros besos valen mucho, Beth, como para regalárselos al primero".

Por otro lado, ese chico había logrado hacerla sentir atractiva. Algo que llevaba anhelando toda su vida. Siempre deseó gustar a un chico, y ahora, por fin, lo había logrado.

La presión sobre sus labios se hizo más intensa y empezó a sentirse incómoda. Abrió un poco la boca para tomar aire y él lo aprovechó.

Sentía un calor insoportable. Las rocas se hincaban en su espalda y dentro de ella, en su conciencia, también sentía incómodas punzadas.

La mano de aquel chico comenzó a deslizarse sobre su piel, moviéndose bajo su pareo como una serpiente fuera de control. Cien luces rojas se encendieron de golpe en la mente de Beth. Supo, sin ningún género de dudas, que aquel chico no la buscaba a ella. Era imposible enamorarse tan rápido. Ese tipo solo quería su cuerpo. No la encontraba atractiva, solo la había encontrado fácil.

Activada por un resorte puso sus dos manos sobre el pecho musculoso y empujó con todas sus fuerzas.

– ¿Qué haces? –el tipo había quedado tendido de espaldas sobre la arena– ¡No puedes dejarme así!

Beth intentó incorporarse, pero cayó de espaldas. Cuando por fin logró ponerse en pie, corrió, alejándose de él.

– ¡Tú te lo pierdes! –escuchó a sus espaldas–. Tampoco estás tan buena... Tengo las pibas que quiera, pero tú no te verás en otra ocasión como esta...

Corrió y corrió sin rumbo fijo. Las lágrimas le impedían ver y sus pies tropezaron en el terreno desigual de la playa haciéndola caer de bruces sobre la arena.

La tierra le cubrió la cara, quedándose adherida en la humedad de sus mejillas.

64

Naty bostezó sonoramente. A su lado estaba Ana y ambas llevaban más de una hora tumbadas sobre la toalla, tomando el sol.

–Esto es vida –Ana estiró los brazos, desperezándose–. Aire puro, mar y sol. ¿Qué más podemos pedir?

Naty se incorporó y sacó algo de su bolsa.

– ¿Qué te parece si leemos esta revista que le requisé a mi madre?

Ana observó la portada de aspecto inconfundible.

– ¿Te gustan las revistas del corazón? –preguntó extrañada.

–Pues sí –con su gesto pedía disculpas–, debo reconocer que me gustan –se sintió incómoda, como cazada en algo feo.

– ¡A mí también!–gritó Ana, partiéndose de la risa–. ¡Me encantan los cotilleos! Espero que en el cielo haya revistas del corazón. Alucino viendo las casas y los vestidos de los famosos. Aunque al final acaba corroyéndome la envidia.

– ¡Puaf! Más valdría que leyerais otras cosas –Alex las miró, arrugando el gesto, y se levantó como queriendo alejarse de un virus contagioso–. Javián, Hugo, ¿hacemos una competición de tenis-playa?

– ¡Mira que cochazo conduce la Victoria Beckham! –Naty señalaba una de las fotos–. ¿Tendrá morro la tía?

–Espera –dijo Ana, leyendo un titular–. Mira esto, parece interesante: "Las chicas de alambre: una peligrosa moda que traerá consecuencias".

Apoyaron la revista en el suelo y comenzaron a leer el artículo:

–Con diez y hasta con nueve años de edad, un doce por ciento de las niñas ha iniciado ya algún tipo de dieta. Tres de cada cuatro jóvenes de entre catorce y veinticuatro años de edad han seguido algún régimen. Treinta de cada cien adolescentes piensan que *su estómago es demasiado grande* y eso las mantiene sumidas en complejos.

Lamentablemente tienen referentes que no les ayudan demasiado. Los ídolos de millones de adolescentes son un pésimo ejemplo en hábitos alimentarios.

Un caso actual es el de Alegra Versace, propietaria del cincuenta por ciento del enorme imperio de su tío, Gianni Versace, famoso diseñador asesinado hace años. Esta joven multimillonaria sufre anorexia en este momento y está en tratamiento.

Otro ejemplo lo proporciona Calista Flockhart, más conocida como Ally McBeal, por ser este el papel que la catapultó a la fama. Según sus compañeros la famosa actriz vive a base de gelatina, tazas de café y trozos de apio; casi no toma agua y al parecer le tiene pánico a la comida. En ocasiones la grabación debe suspenderse a causa de los mareos que sufre. Ella niega su enfermedad, aunque hace poco tuvo que permanecer hospitalizada unas horas debido al exceso de estrés y la deshidratación.

Cada vez más adolescentes están dejándose envolver por una moda destructiva. Sirva de ejemplo el trágico desenlace del caso que relatamos a continuación, y que es botón de muestra de demasiadas situaciones parecidas: la aspirante a modelo Thayrinne Machado Brotto, con apenas cuarenta y seis kilos de peso, murió en un hospital de la ciudad de Sao Gonzalo, un suburbio de Río de Janeiro, como consecuencia de los problemas que sufría desde hacía meses en su afán por adelgazar para ajustarse a los cánones impuestos por la moda. La familia descubrió hace seis meses que la joven forzaba los vómitos después de comer, cuando comenzó a tener problemas de salud y también en la escuela.

Ella era muy estudiosa, pero reconoció que no estaba consiguiendo concentrarse en las clases. Entonces admitió que tenía bulimia y pidió que la ayudáramos, dijo la madre de la adolescente. Pese al tratamiento psicológico que inició y a las consultas con especialistas en nutrición, el estado de salud de la joven se fue agravando, con desmayos y otros síntomas, hasta que tuvo que ser ingresada en el hospital, en el que murió".

Naty cerró la revista con gesto apesadumbrado.

– ¿Te parece que vayamos a buscar a Beth? –sugirió.

–Es lo mismo que yo iba a proponerte–. Asintió Ana, poniéndose en pie.

Virginia cerró los ojos y giró la cabeza a la derecha a la vez que extendía sus dos manos en un intento desesperado por frenar el avance de aquel enorme cuchillo.

Una punzada aguda en la palma de su mano izquierda le hizo comprender que el metal cortante había atravesado su piel, llegando hasta los frágiles huesos de su mano.

Abrió los ojos justo a tiempo de ver cómo Elena levantaba el brillante metal con la intención de volver a clavarlo. La visión del rostro de Elena con el rostro desencajado y el cabello cubriendo su cara, hizo que Virginia los cerrara de nuevo a la vez que giraba su cuerpo, pegándose a la pared de la estrecha escalera.

Pudo ser el pelo que estorbaba su campo de visión lo que impidió que Elena acertara el mortífero envite y descargara el puñal contra el suelo. El metal emitió un chirrido espantoso al arañar las baldosas de piedra y aquello no logró sino enfurecerla más.

Virginia estaba encogida y pegada a la pared lo más que podía.

Seguía pensando en Ana y en José... Tuvo la seguridad de que no volvería a abrazarles y lamentó con todas sus fuerzas no haberles dicho más veces cuánto los amaba.

Tres fuertes golpes en la puerta del salón hicieron que Elena se girara bruscamente. En un acto reflejo, como movida por un resorte, Virginia se incorporó, empujó a Elena y corrió escaleras abajo.

– ¿Hay alguien en casa? –se escuchó una voz de varón al otro lado de la puerta.

Elena reaccionó rápidamente y corrió tras Virginia, pero no logró alcanzarla antes de que esta abriera la puerta y se encontrara con el anciano que acababa de llamar.

– ¿Le ocurre algo? –preguntó el hombre al verla salir sofocada y con los ojos desorbitados por el terror. Enseguida reparó en la sangre que goteaba de su mano–. ¡Está usted herida!

Para ese momento Elena había llegado al final de la escalera y el anciano la miró. La mujer se acercaba lentamente. Cuando estuvo a pocos metros se hizo visible su ropa ensangrentada, su cabello revuelto pegado a la cara y el cuchillo que portaba en la mano con el filo teñido de rojo...

– ¡Elena! –el hombre aguzó la mirada, se frotó los ojos y volvió a enfocarlos en aquella visión terrorífica que avanzaba por el salón–. ¿Eres Elena?

66

Beth se levantó y retiró la arena de su cara.

¿Cuánto tiempo llevaba llorando, tumbada en el suelo?

Afortunadamente la playa estaba casi desierta y nadie pareció reparar en ella.

No le apetecía regresar con sus amigos, así que volvió a encaminarse hacia el espigón natural. En esta ocasión lo escaló rápidamente, como si la rabia acumulada hubiera puesto alas en sus pies.

Al coronar la elevación de piedras pudo apreciar la bonita imagen que ofrecía el otro lado de la pequeña montaña. El agua lamía con suavidad las enormes moles que le ponían límite.

Beth se sentó sobre una roca, muy cerca del agua, y permaneció así durante unos minutos, sintiendo que el suave rumor del mar era una terapia sanadora.

Una canción entonada a media voz y muy desafinada, la distrajo de sus pensamientos. Girándose a la derecha descubrió a una persona recostada en una piedra, con los pies sumergidos en el agua y sosteniendo en sus manos una caña corta. Lo más llamativo de la imagen era el sombrero con el que se protegía del sol y que mantenía su rostro en la sombra.

Las gruesas ropas y el hecho de que estuviera de espaldas hacían difícil averiguar si se trataba de un hombre o de una mujer, pero el timbre de voz parecía femenino. Como si no hubiera reparado en la presencia de Beth siguió entonando el desafinado canto:

"Si llegaras a saber lo mucho que vales, dejarías de odiarte para empezar a aceptarte.

Cuando logres apreciar tus muchos valores, alcanzarás un cielo repleto de ocasiones...".

Beth vio su quietud perturbada por la presencia de aquella persona. Fue como si violaran su intimidad y se sintió tan incómoda que decidió marcharse, pero al incorporarse con demasiada rapidez sus pies no calcularon lo irregular del suelo de rocas y perdió el equilibrio cayendo estrepitosamente al agua. Aunque afortunadamente no se golpeó contra las piedras, su dignidad y autoestima si se vieron seriamente dañadas. Enrojeció hasta las orejas al reparar en la ridícula imagen que había ofrecido cayendo al agua, de cabeza y vestida.

El pescador se giró y, conteniendo la risa para no ofender a la joven, soltó la caña y se acercó corriendo. Una vez que hubo comprobado que la muchacha estaba intacta, dejó de resistir su impulso y liberó una carcajada espontánea que resonó en el acantilado como si fuera un trueno. Pero el sonido de aquella risa, era limpio... casi transparente.

Con un gesto gentil tendió la mano hacia Beth y la ayudó a incorporarse. Cuando la muchacha estaba en pie, aunque todavía en el agua, su rescatador se levantó el sombrero en un saludo mostrando una abundante melena blanca recogida en un moño y unos ojos de un precioso azul turquesa que le sonrieron.

Entonces Beth pudo constatar que se trataba de una mujer.

Virginia observaba la escena petrificada, con la boca abierta por el asombro y el miedo. Su mano herida colgaba a un lado escurriendo sangre sobre la entrada. Se mantenía oculta tras el hombre mientras Elena seguía acercándose lentamente sin soltar el cuchillo.

– ¿Qué estás haciendo, Elena? –el anciano no titubeó ni intentó resguardarse. Al contrario, avanzó hacia ella mirándole directamente a los ojos–. Elena, ¿me recuerdas? ¿Sabes quién soy?

–Cosme –no dudó un instante aunque su voz seguía teniendo un estremecedor sonido gutural y las palabras manifestaban el trance de locura en el que se encontraba–. Eres Cosme... Dick te quería mucho... eres un hombre bueno.

–Me enteré de lo de Dick –se detuvo a un metro de ella–. Lo siento mucho, pero escucha Elena, no todo está perdido. Antes de que te des cuenta el tiempo habrá pasado y él estará de nuevo contigo. No cometas un error que solo logrará provocarte más daño –la miró intensamente–. Y lo dañará aún más a él.

Elena permaneció rígida y Virginia pudo apreciar que las uñas de sus dedos estaban blancas por la presión que ejercía sobre el mango del cuchillo.

Cosme dio un paso más, quedando a cincuenta centímetros de la mujer. Tendió su mano y la puso sobre el hombro de Elena.

– ¿Tampoco tú ayudarás a Dick para que lo dejen libre? –pronunció las palabras con mucha lentitud, marcando cada sílaba y mirando a Cosme muy intensamente.

El anciano mantuvo la mirada en ella sin responder, presionó un poco más sobre el hombro de la mujer, intentando transmitir cercanía. De repente, Elena apartó a Cosme y se lanzó hacia la puerta abierta. Virginia gritó pensando que iba a por ella, pero Elena pasó a su lado y corrió por la calle hasta desaparecer de la vista.

– ¡Los chicos! –gritó entonces Virginia–. ¡Tal vez vaya a por ellos!

–No lo creo –repuso Cosme con una admirable serenidad–. Ha dejado caer el cuchillo –recorrió unos pocos metros y lo recogió del suelo–. De haber querido hacerles daño no se habría librado de él.

—Hola, muchacha –la anciana saludó a Beth con una leve inclinación–. Un bonito día para bañarse. Pero te sugiero que la próxima vez lo hagas en bañador y no vestida.

Beth curvó sus labios forzando una sonrisa, pero inmediatamente retornó al gesto duro, evidenciando que la broma no le había hecho gracia.

Tendió nuevamente la mano a la chica ayudándola a salir del agua. Después fue a recoger su caña.

–Lo único que falta para que el día sea perfecto es que algún pez despistado pique mi anzuelo –dijo–. Llevo tres horas aquí y no he pescado ni una mala sardina.

Beth se mantuvo en silencio.

–Tú tampoco has pescado nada, ¿no es cierto? –La mujer, muy gruesa, pero increíblemente ágil, puso sus manos en las caderas adoptando la posición de quien va a soltar una reprimenda–. ¡Ay, Beth! Si supieras cuántas piezas suculentas nadan en tu mar interior, y cuántos pescadores estarían encantados de lanzar su caña en ese mar.

– ¿Me ha llamado Beth? –arrugó la frente en un gesto de absoluta extrañeza–. ¿Acaso nos conocemos?

– ¡Claro que nos conocemos!

–No la he visto en mi vida –las arrugas en la frente de Beth no eran ya de sorpresa, sino de enfado.

–Yo a ti sí, Beth. Te he visto en múltiples ocasiones, pero en muy pocas de ellas te vi sonreír.

–No creo que eso sea de su incumbencia –el rasgo predominante en Beth era la insolencia, pero la gran virtud de una pescadora veterana es la paciencia.

Sin perder su limpia sonrisa la anciana respondió: – ¿Sabes cuál es el gran defecto de muchos pescadores? –no aguardó la respuesta, convencida de que esta nunca llegaría–. Envidiar constantemente las capturas que otros hacen, sin apreciar las propias. Beth, tú tienes talentos exclusivos. Están en ti y no en otros. Pero al codiciar lo que otros tienen, dejas de disfrutar lo que está en tu mano.

–El problema –dijo Beth–, es que yo no veo nada en mi mano, ni en mi cuerpo, ni en mi rostro –había ido perdiendo su voz a medida que hablaba. Lo último fue casi un susurro–. A veces me siento morir y no me importaría que fuera así.

–Beth, conozco perfectamente tu anhelo de gustar a los demás –se acercó un poco más, y acentuando su sonrisa puso su dedo índice sobre la frente de Beth–. Conozco, incluso, tu secreta aspiración de llegar a ser modelo.

El gesto de Beth pasó ahora de la sorpresa al miedo. ¿Cómo podía conocer eso? Estaba segura de no haberlo hablado con nadie. Ni siquiera con su hermana. Siempre se había sentido ridícula de aspirar a ser modelo... con un cuerpo como el suyo.

69

Virginia estaba tumbada al sol, pero muy inquieta. A cada momento se levantaba para asomarse a la barandilla y otear el horizonte con miedo de que apareciera Elena y deseando ver a los chicos. El susto vivido no podría olvidarlo jamás.

Cosme la llevó al centro sanitario más cercano, donde le aplicaron la cura necesaria que incluyó una sutura en su mano izquierda. Afortunadamente el filo del cuchillo no había desgarrado tendones ni afectó nada serio.

Mientras la atendían, Cosme estuvo en la playa y constató que Elena no estaba por allí, a la vez que observó de lejos a los muchachos. Todo estaba en orden.

Luego acompañó a Virginia a casa y estuvo con ella el tiempo suficiente para asegurarse de que se encontraba bien. Finalmente se marchó recomendándole que cerrara bien la puerta y las ventanas.

Habían valorado la opción de denunciar el caso a la Policía Local, pero Virginia no se sentía cómoda haciéndolo y Cosme tampoco lo recomendó.

–Conozco bien a Elena –le dijo–. Está atravesando una crisis, y un nuevo golpe como el de verse enfrentada a la policía y a un posible juicio, podría terminar con ella.

–Lo sé –afirmó Virginia–. No quiero hacerle daño, pero lo cierto es que estuvo a punto de matarme...

–Hace años Elena padeció una profunda crisis cuando estuvo hundida en la anorexia –explicó Cosme–. Desde entonces ha experimentado algún brote psicótico con accesos de violencia. Esos episodios siempre coinciden con circunstancias especialmente estresantes. Es evidente que el asunto de Dick ha desatado una nueva crisis. Intentaré encontrarla y llevarla al médico –se dirigió a la puerta reiterando su recomendación–; cierra con llave y descansa, Virginia, y no te preocupes por los chicos –la voz de Cosme infundía confianza y serenidad–, volveré a pasarme por la playa para verles. Pero no creo que debamos informarles de este incidente. Arruinaría un fin tan esperado por ellos –aplicó un curioso toque juvenil a la última frase.

Desde que Cosme se marchó ella llamó al móvil de Ana varias veces. Lo hacía con cualquier excusa, pero con el único objetivo de comprobar que todo estaba bien. En todas las ocasiones estuvo tentada de contarle lo sucedido, pero al final optó por no hacerlo. Cosme tenía razón, este viaje formaba parte de una terapia que se vería arruinada con una noticia así. A ninguno de ellos les vendría bien un sobresalto así, pero mucho menos a Beth.

—No —decidió—. No les diré nada. Intentaré olvidar lo ocurrido y disfrutar de lo que queda del fin de semana.

Se dirigió a la cocina y allí encontró la bolsa que Cosme había traído. Contenía unos enormes pescados.

—Vine solo para traeros estos peces —le dijo en la despedida—. Hoy mismo los he capturado y quería obsequiaros con ellos —luego añadió con una sonrisa y sacudiendo la mano derecha— De ninguna manera esperaba verme envuelto en una aventura como esta.

Virginia le despidió en la puerta, y cuando hubo dado varios pasos el hombre se giró para decir:

—Te sugiero que cenéis los pescados esta misma noche. Cuanto más frescos, más deliciosos...

70

—Escúchame, Beth —aquella curiosa pescadora tenía la mirada más limpia que jamás hubiera visto. También sus palabras transmitían pureza e infundían confianza—. No te dejes engañar por una mentira comercial. Las modelos de revista y televisión, sonríen, y a nosotros nos parece que siendo como ellas seremos felices. Pero, ¡Dios mío, si pudiéramos ver el alma de muchas de ellas! Detrás de eso hay mucho engaño para llevaros a vosotras a desear lo que veis. Muchas de esas chicas se sienten insatisfechas y se operan la nariz, la boca, los pómulos. Se hacen ampliar la frente; llegan a quitarse piezas dentales para que sus rostros sean más chupados, adoptan la apariencia de muñecas frágiles, a punto de romperse... muestran una imagen lánguida, débil, triste y ojerosa.

Beth escuchaba con atención y eso animó a la anciana.

– ¿Has oído hablar del efecto Auschwitz? –la chica negó con la cabeza–. Así se denomina a la moda de la delgadez extrema que potencia un sector de la industria de la moda. Asocian belleza con una delgadez próxima a la muerte. Usan lo enfermizo como reclamo –la miró con una fijeza impresionante–. No te dejes engañar, Beth. El siguiente paso es la droga.

– ¿Droga? –interrogó. No comprendía la relación entre lo uno y lo otro.

–Sí, Beth. En los noventa se impuso la *Heroin chic look,* es decir, la imagen *chic* creada por la adicción a la heroína. Usan la droga para adelgazar y luego la siguen usando para mantenerse delgadas. La célebre protagonista de *Cuatro bodas y un funeral,* Andie MacDowell, reconoció haber tomado primero pastillas para adelgazar y cocaína después para mantenerse delgada.

– ¿Está diciéndome que todas las modelos delgadas toman drogas? –estaba a la defensiva.

–Por supuesto que no, y tampoco todas son anoréxicas ni bulímicas. Muchas llevan vidas normales. Solo intento prevenirte de una trampa, Beth, de una trampa mortal. Las modelos de hace veinte años pesaban solamente un ocho por ciento menos que el común de las mujeres. Muchas de las modelos actuales pesan un veinticinco por ciento menos y eso es difícil sostenerlo por medios naturales.

La mujer quería llegar al fondo de la cuestión. Sabía perfectamente de lo que estaba hablando.

–Muchas modelos con unos kilos de más perderían su estatus. El mismo contrato de Miss Universo estipula que si la ganadora del certamen engorda un cinco por ciento de su peso durante el año de su reinado, perderá la corona. Y no hay cuerpo que en la adolescencia no sufra cambios. ¡Hay tanto sufrimiento detrás de esa trampa! No caigas de nuevo en ese infierno. La anorexia deja huellas irreversibles, cuando no conduce a la muerte. Tú has estado cerca, pero te ha sido dada una nueva oportunidad, no la desaproveches.

Beth volvió a estremecerse de que aquella desconocida supiera tantos detalles de su vida.

– ¿Qué puedo hacer? –fue lo único que acertó a decir.

–Hay tantas opciones, querida niña, tantas opciones para vivir. Asume la realidad de que eres bella –puso su mano bajo la barbilla de Beth y los ojos de esta quedaron cautivos en la mirada azul de aquella anciana–. La belleza de una mujer no está en su ropa, ni en su figura, ni en su peinado. La belleza de una mujer está en sus ojos, porque ellos son las ventanas a su alma. El lugar donde reside su verdadero ser.

–Pero –gimió–, cuando miro a las demás y luego me observo, me siento inferior... no sé explicarlo, es como si todas fueran más guapas y mejores.

–No eres la única, pero ¿por qué no dejas de mirar al resto para enfocarte en ti? En todos los puntos positivos que tienes, en tus virtudes. Beth, eres un cofre lleno de tesoros, comienza a apreciarlos. Ámate y serás feliz. Ámate y verás cómo es fácil amar al resto de las personas.

–Son preciosas las palabras que usted me dice –Beth sonreía, por fin, mientras hablaba.

La venerable anciana se volvió lentamente hacia Beth. Aquellos ojos se metían por los suyos y la dejaban indefensa. Lo siguiente lo habló en un tono que emanaba dulzura y autoridad a la vez:

–Beth, ¡vive! No te dejes morir lentamente... No te olvides de amarte, no te olvides de ser feliz.

Ella asintió levemente con la cabeza. La mujer volvió a sonreír y luego retornó a su puesto de pesca, lanzando con fuerza su caña.

Beth comprendió que la conversación había terminado.

Cuando de regreso alcanzó la parte alta del acantilado, vio acercarse por la playa a todos sus amigos. Se dio cuenta de que hacía rato que era la hora de comer, seguramente por eso venían en su busca. Alcanzó a ver en el rostro de Naty una gran preocupación.

– ¡Subid, subid! –Beth agitó su mano llamándoles; quería que todos conocieran a la extraña pescadora.

Mientras escalaban, ella les alentaba desde arriba y lo hizo con una sonrisa que disipó el desasosiego de su hermana.

Javián, que iba el primero en la escalada, se detuvo de repente.

–Mirad, –se había agachado a observar algo–. ¿Cómo podrán crecer entre las piedras?

Todos se inclinaron para apreciar una docena de preciosas flores que se inclinaban levemente, mecidas por la suave brisa. Los pétalos eran amarillos y cada flor lucía unos pistilos de intenso naranja. El tallo, muy alto, era realmente estilizado.

–Qué extraño –dijo Ana, retirando algunas flores–, debajo hay una que está aplastada.

Beth se había aproximado y se inclinó a verlo. Sobre los pétalos aplastados se apreciaba el dibujo de la suela de su sandalia. Doce flores idénticas amparaban a la que ella había maldecido. Los pétalos aplastados y los que se mecían en el aire se fueron desdibujando bajo la cortina de agua que inundaba sus ojos, a la vez que algunas palabras de la anciana resonaban en su mente: "No temas a quienes te persigan –le había dicho–. Resurgirás siempre cuando otros intenten aplastarte. Solo morimos cuando somos nosotros mismos quienes nos despreciamos y pisamos".

–Bueno, Beth –interrogó Hugo–, ¿para qué querías que subiéramos?

–Ah –dijo, limpiándose los ojos–, quiero que conozcáis a una persona extraordinaria. Está aquí, pescando.

Todos subieron y recorrieron con la vista la parte baja del acantilado.

–El lugar es muy bonito –replicó Alex sofocado y sudoroso–, pero aquí no hay nadie. No nos habrás hecho subir hasta aquí solo para ver el mar –se retiraba el sudor de la frente y resoplaba–. Ya lo veíamos desde allí abajo.

–Pero... –Beth miraba a uno y otro lado buscando a la vieja pescadora–. Os lo aseguro, estaba aquí ahora mismo...

Regresaron a su lugar caminando en silencio, bronceados y felices. El cuerpo pálido de Beth, libre, por fin, de camiseta y pareo, recibía agradecido los rayos de sol del atardecer.

Tras ellos, en lo alto del acantilado, una silueta les observaba. El sol, que comenzaba a caer levemente, proyectó sobre la playa su sombra larguísima. El conjunto de su cuerpo y el sombrero de ala ancha hicieron que esta fuera idéntica a una cruz.

Los chicos no pudieron verlo, pero bajo aquel sombrero, las profundas arrugas que enmarcaban una mirada azul turquesa se curvaron en una cálida sonrisa.

Se sentaron en la arena y sacaron los deliciosos bocadillos de jamón con tomate que la madre de Ana les había preparado.

–Yo quiero el más grande –replicó Beth con una carcajada–. Lo siento por vosotros.

Todos la miraron y rieron con ganas.

–Por cierto –dijo Beth, hablando con la boca llena y disfrutando a todas luces del suculento bocadillo–, la anciana del acantilado me dijo que se llamaba Rebeca, estoy segura de que ese nombre me suena de algo, pero no sé de qué.

– ¿Rebeca? –Alex lanzó en enorme mordisco a su bocadillo y no esperó a tragar–. También a mí me suena el nombre, pero supongo que hay muchas Rebecas en el mundo…

71

Cuando regresaron a casa estaba anocheciendo. Habían pasado un día realmente divertido.

– ¡Hola chicos! –se extrañaron del efusivo abrazo que Virginia les dio a cada uno.

–Ni que hubiéramos estado en la guerra –pensó Hugo para sí.

Observaron con extrañeza que Virginia cerraba con llave la puerta y luego echaba el cerrojo de seguridad.

–Os he preparado una cena que os chuparéis los dedos.

– ¡Qué guay! –exclamó Alex–. Traigo un hambre de lobo. ¿Vamos poniendo la mesa en el comedor?

–No –dijo Virginia-. Mejor subid al mirador.

– ¿Al mirador? –se extrañó Javián.

–Hacedme caso –insistió–. Subid.

Cuando salieron a la gran terraza se quedaron con la boca abierta. Una gran mesa estaba montada muy cerca de la barandilla que ofrecía espectaculares vistas sobre el mar.

El centro de flores y las velas encendidas en ambos extremos ofrecían una estampa de película romántica. La noche era inmejorable en el clima y en la quietud. Una lámpara en el rincón del mirador aportaba el toque justo de luz y el sonido del mar, unido al de las gaviotas, suponían la música exacta para una noche perfecta.

Los chicos aplaudieron.

– ¡Es flipante! –dijo Javián–. Nunca había visto nada tan romántico.

–Voy por la cámara de fotos –gritó Naty mientras corría a su habitación–. Este momento hay que inmortalizarlo.

Alex y Ana se habían apartado y estaban apoyados en la barandilla. Sus cabezas estaban muy juntas y miraban embelesados el paisaje nocturno. Solo los más observadores pudieron apreciar cómo él aproximó su mano muy lentamente y tomó entre los suyos los dedos de la chica, ella inclinó un poco más su cabeza hasta apoyarla en el hombro de Alex.

– ¿Pueden dedicarnos una mirada esos tortolitos? –Naty tenía la cámara preparada y en cuanto se giraron fueron cegados por el flash. Ni de soltarse las manos tuvieron tiempo.

–Ejem, ejem... –la madre de Ana les miró moviendo la cabeza y haciendo sonar el tap, tap, de su pie sobre el suelo–. ¿Qué os parece si vais tomando asiento para cenar?

Alex asintió poniéndose colorado como un tomate y sentándose rápidamente en el lugar más apartado.

Cuando todos estuvieron sentados, lo primero que Virginia puso sobre la mesa fue una bandeja llena de pescado asado sobre la leña.

– ¡Mamá! –exclamó Ana, al reparar en la mano vendada de Virginia-. ¿Qué te ha pasado?

– ¡Oh!, nada –ocultó la mano con disimulo–, me corté con un cuchillo, pero no es grave. Lo que importan son estos pescados. No os lo vais a creer, pero son un obsequio –explicó–. Quien me los dio me dijo que los acababa de capturar y, desde luego, tenían pinta de ser realmente frescos.

– ¿Regalados? –Javián estaba extrañado-. No es normal que alguien vaya regalando peces. ¿Seguro que están en buen estado?

–Si hubieras conocido al anciano que los trajo te fiarías. Su forma de hablar, su mirada, su sonrisa... todo en él hacía que fuera totalmente confiable. Hasta su sombrero de ala ancha inspiraba confianza.

– ¿Y no le conocía de nada? –indagó Hugo– ¿No le ha dicho cómo se llamaba?

–Pues sí, me dijo que se llamaba Cosme –y añadió–. Además, dentro de la bolsa había una nota bastante curiosa firmada por él.

Virginia fue a la cocina y trajo un papel que todos leyeron:

"Este pescado es fruto de la paciencia de un viejo pescador. Nunca dejéis de lanzar vuestra caña por más vacío que os parezca el mar. Quien persevera en la lucha, con determinación y confianza, obtendrá grandes capturas. Creed en vosotros y creed en Dios. Esa fe evitará que vuestra barca naufrague en los más fuertes temporales". Firmado: Cosme

– ¿Cosme? –Alex miró a Beth–. ¡Ahora caigo! Cosme y Rebeca. Fran, el amigo de Dick, me habló de ellos, y bastante bien, por cierto. ¿Tendrá algo que ver con la mujer que habló contigo en la playa?

–Es un hombre extraordinario –afirmó Virginia–. He hablado poco con él, pero transmite algo que yo jamás había sentido.

–Es muy curioso –replicó Beth–. La conversación que yo mantuve con aquella mujer que dijo llamarse Rebeca, también me hizo sentir algo increíble.

–Bueno, ¿a qué esperamos? ¡Comamos este pescado! –Ana se había inclinado sobre la humeante bandeja–. ¡Hummm! –adoptó su gesto típico, cerrando los ojos y aspirando con deleite el olor de la comida–. Huele delicioso.

–Pues imagínate cómo sabrá –dijo Beth, sirviéndose uno de los pescados más grandes.

Todos la miraron con verdadera alegría. Su actitud era bien distinta a la del desayuno, cuando no quiso probar bocado.

Junto a la bandeja del pescado, Virginia depositó un enorme plato de patatas asadas y por último una fuente de ensalada en la que no faltaba ningún detalle.

Disfrutaron de la deliciosa cena y del entorno incomparable que les ofrecía aquel mirador. Ninguno tenía deseos de que aquel momento terminara, pero el largo día fue haciendo mella, y adormecidos se retiraron a descansar.

Ya en la habitación, Beth vació la bolsa que había llevado a la playa.

– ¡Eh, mirad lo que hay aquí! –dijo sacando un papel doblado de la bolsa.

–Un papel escrito –dijo Naty–. ¿Qué tiene de raro?

¿Que qué tiene de raro? Pues que yo no lo puse aquí, ni lo he escrito, ni conozco de quién puede ser esta letra.

– ¡Espera! –dijo Ana–. Es la misma letra de la nota que nos enseñó mi madre.

– ¡Es verdad! –Naty y Beth lo gritaron a la vez.

Las tres subieron a la cama de Beth y se inclinaron muy atentas cuando ella extendió la hoja sobre el colchón:

Perdonad que os cite de una forma tan extraña, pero la edad nos hace adquirir rarezas. Me gustaría hablaros de un asunto importante. ¿Seríais tan amables de hacerme una visita? Me encantaría recibiros a todos esta noche en la pequeña casa que domina la colina.

– ¡Qué fuerte! –susurró Ana–. Voto porque no hagamos caso a esta nota. Puede ser una trampa.

–No lo creo –dijo Naty–. Alex y Virginia nos han contado cosas muy buenas de ese hombre.

–Está bien –aceptó Ana–. Entonces tenemos que avisar a los chicos.

– ¿Qué hacemos con tu madre? –preguntó Beth–. ¿Deberíamos decírselo?

Ana estuvo de acuerdo:

–La nota dice que quiere vernos a todos, eso incluye a mi madre.

Pronto estaban juntos en el salón leyendo la nota.

–No está firmada –resaltó Alex-. ¿Por qué suponéis que se trata de Cosme?

–Mira –Ana había extendido el papel que vino en la bolsa del pescado–. ¿No te parece la misma letra?

–Nos cita en la casa que domina la colina –Virginia miró por el ventanal en dirección a la solitaria casa que se erguía en la parte más alta–. Desde que llegamos me llamó la atención, pero siempre la he visto sin luz. Pensé que estaba deshabitada.

Esa noche, sin embargo, tras los cristales de las pequeñas ventanas se veía resplandor, y una delgada columna de humo surgía por la chimenea.

–Mamá –replicó Ana con temor–. ¿Y si fuera una trampa?

– ¿Una trampa de Cosme? –Virginia no estaba de acuerdo–. No he visto a nadie más parecido a un ángel.

72

Volvía a estar sentada en el banco de piedra. Para ella ya se había convertido en un ritual. Aquel asiento era como un altar al que acudir con su amargura y frustración.

Los cortes en la mano le escocían mucho y no dejaban de sangrar, aunque no abundantemente. Llevaba casi dos días sin dormir, los ojos le ardían y el agotamiento estaba haciendo mella.

Miró al gran caserón habitado.

–La familia feliz –murmuró con resentimiento.

Pasó el día buscando a los chicos sin resultado. Entre los acantilados había mil calas donde podían haber estado bañándose.

En ese momento, la ira que le hizo hervir durante horas se había disipado casi totalmente. Lo que ahora sentía era frío, mucho frío. Su ropa estaba rota y empapada. Aquella tarde llegó a sentirse tan sucia que se zambulló en el mar. Ahora, con la ropa húmeda y la brisa nocturna, tiritaba como un pajarito.

– ¿Qué ha sido eso? –se puso en pie, sobresaltada.

Las puertas de la casa se abrieron y el grupo salió.

– ¿A dónde irán a estas horas? –corrió a resguardarse entre los árboles.

La noche era muy clara, con una luna redonda y muy grande que le permitía verles con detalle, pero ella estaba bien oculta, no había riesgo de que la descubrieran.

Primero les siguió con la mirada, y cuando se hubieron alejado lo hizo caminando tras ellos, casi arrastrándose.

De vez en cuando murmuraba frases ininteligibles. Observarles juntos y felices avivaba la llama de su rencor.

Las últimas palabras las pronunció más alto:

–Niño mío... tú no estás feliz. Ni siquiera estás libre –liberó un gemido tan espantoso que, de haberlo escuchado, Virginia se habría estremecido.

El rostro del anciano se iluminó cuando les vio aparecer.

Les invitó a pasar a la pequeña habitación que hacía las veces de salón comedor, aunque a duras penas cabían todos.

La sonrisa con que les recibió acentuó los surcos de su rostro, pero resaltó aún más la dulzura que aquel semblante desprendía. Sus ojos azules eran increíblemente tiernos y expresivos.

– ¡Qué grata sorpresa veros por fin a todos juntos!

–Gracias, señor –correspondió Alex, mirando con intriga al anciano de quien tan bien le habían hablado.

–Sentaos, por favor, y descansad. La pendiente que hay que escalar para llegar hasta aquí, agota a cualquiera.

Se apretaron en torno a la pequeña mesa. En un rincón ardían los leños en el hogar, creando una atmósfera cálida y confortable.

El anciano les miró uno por uno. Nunca perdía aquella sonrisa que parecía cincelada en su rostro. Siguió observándoles entre curioso y divertido, hasta que después de un silencio, que a los chicos se les hizo eterno, reaccionó.

– ¡Oh!, perdonad mi descortesía –se disculpó–. Todavía no os he ofrecido nada. ¿Os apetece una taza de café? –no aguardó la respuesta y algo nervioso se dispuso a prepararlo.

–Javián, ¿por qué no me ayudas? Allí están el azúcar y las cucharillas.

Todos repararon en que Cosme conocía sus nombres, aunque era Virginia la única con quien había hablado anteriormente.

Javián se comportó con plena confianza aproximándose al pequeño mueble y cogiendo el azúcar y las cucharillas. Enseguida había varias tazas sobre la mesa, y en la pequeña cocinilla borboteaba la cafetera.

– ¿Por qué se retiró usted a este lugar? –Se atrevió a preguntar Alex–. Por lo que Fran nos ha contado, desapareció usted casi de repente y al parecer le han echado mucho de menos.

–Yo también a ellos –afirmó–, pero tenía que cambiar de vida. En la ciudad vivía para trabajar. La buena de Rebeca apenas me veía, pobre mujer, me recibía cada noche en casa con tanta ilusión. Pero yo siempre llegaba malhumorado y roto de cansancio.

– ¿Rebeca? –preguntó Beth recordando a la extraña pescadora–. ¿Entonces su esposa se llama Rebeca?

–La pobre –continuó el anciano dando la respuesta por sentada– aguantó estoicamente mi cansancio y mal humor hasta que me di cuenta de que no vale la pena sacrificar el presente en aras del futuro, porque no sabemos si habrá futuro. Rebeca y yo decidimos vivir hoy, hacer hoy y reír hoy –y rió con ganas al decirlo–. Me di cuenta, de que es fácil perder la salud por hacer dinero y luego perder el dinero intentando recuperar la salud. No, muchachos –la luz de su rostro era más intensa que la del sol que les había bronceado todo el día–. Una persona rica no es quien más tiene, sino quien menos necesita. He aprendido a ser plenamente feliz teniendo mi mar, mi cielo y un colchón donde dormir. Y os lo aseguro, cada noche descanso como un niño –su gesto era sereno y plácido al hacer la siguiente afirmación–. Es fácil conciliar el sueño sobre la almohada de una conciencia tranquila.

Se hizo un silencio reverente. Pero había algunas preguntas que precisaban respuesta.

– ¿Por qué puso esa nota en mi bolso? –quiso saber Beth–. ¿Por qué nos ha citado en este lugar?

Por primera vez en el rostro del anciano apareció una mueca de desconcierto.

– ¿A qué nota te refieres? –la sorpresa era el rasgo predominante en sus palabras–. Vuestra visita ha sido una grata sorpresa que me alegra muchísimo, pero ¿por qué dices que os he citado? Pensé que era una visita de cortesía.

– ¿No ha escrito usted esta nota? –Beth le tendió el papel que encontró en su bolsa de playa.

Sin perder el gesto de perplejidad Cosme desdobló la hoja, y mientras leía los surcos de su frente se acentuaron.

–Increíble –exclamó–. La letra es muy parecida a la mía.

– ¿Parecida? –replicó Virginia entregándole la hoja firmada que acompañaba a los pescados–. Es idéntica.

–Os aseguro que yo no escribí este mensaje. Además –miró a Beth–, ¿cómo podría haber puesto una nota en tu bolso? ¿Cuándo nos hemos visto tú y yo, y he tenido acceso a tus pertenencias?

Todos estaban asombrados.

–Bueno –concluyó Alex haciendo gala de su carácter de líder–. Lo importante es que estamos juntos.

–Me gusta su casa –apuntó Hugo, poniéndose dos cucharadas de azúcar en el café–, es realmente chula.

–Me alegra que te guste –sonrió complacido–. A mí también me gusta tu camiseta –señaló al jersey de Hugo, de color fucsia y con varios personajes de Looney Tunes.

Hugo se puso en pie y estiró su niky muy orgulloso.

–Mirad qué vistas –el anciano se incorporó y descorrió el visillo de la ventana más próxima. Aunque era de noche la luna llena permitía apreciar la majestuosidad de aquel alto acantilado y la belleza nocturna del mar–. Observad aquel faro, justo allí, enfrente –el anciano apuntó con su índice, delgado y larguísimo–. ¿Veis qué alto está? Cada noche me recuerda que la verdadera luz viene de arriba y así lo he comprobado durante toda mi vida: las verdaderas lámparas, las que nos alumbran el camino correcto, se encienden desde el cielo. Esto es lo que siempre me recuerda ese viejo faro.

Todos escuchaban con atención las palabras de Cosme y Alex pensó que todo lo que había escuchado acerca de ese buen hombre era cierto. Irradiaba nobleza y serenidad.

–La segunda gran verdad que el faro me enseña –continuó– es que nunca faltará un rayo de luz. En momentos críticos, cuando la fuerza se agota y todas las luces humanas parecen apagarse, aparecen estrellas que nos muestran el camino –lo afirmó con una seguridad irrebatible– ¡Siempre hay una luz que se enciende en el momento preciso!

Alex no supo bien por qué, pero las últimas palabras de Cosme le hicieron caer en la cuenta de que allí faltaba alguien.

–Don Cosme, ¿y Rebeca? ¿Dónde está su esposa?

–Ella es una de las luces –enseguida rectificó–, mi gran luz... que se apagó –sus ojos se humedecieron sin previo aviso–. Hace dos años que Rebeca terminó su peregrinaje. Desde que ella falta miro mucho más al cielo. Me asomo cada noche intentando descubrir el brillo de su sonrisa en alguna estrella.

Los chicos se miraron perplejos y Beth sintió que sus labios temblaban. Si Rebeca había muerto, entonces ¿con quién había estado hablando en la playa esa tarde? ¿Podía ser todo una casualidad?

Notó que Naty la observaba y le hizo un gesto de asentimiento con la cabeza, animándole a formular la pregunta.

–Don Cosme –no sabía cómo expresarse, pero la sonrisa del anciano era una invitación a tener confianza–, ¿está seguro de que Rebeca murió?

Virginia mira a la chica con la boca abierta por el asombro.

– ¡Beth! –exclamó la madre de Ana sorprendida–. ¿Qué tipo de pregunta es esa?

La niña se puso roja de vergüenza.

–No sé... –su voz sonaba a disculpas–. Es que hoy, en la playa, estuve hablando con una mujer y sus palabras sonaban tan parecidas a las suyas, don Cosme... ella me dijo que se llamaba Rebeca.

– ¿Cómo era esa mujer? –Cosme se acodó en la mesa, inclinándose hacia Beth y concentrando en ella toda su atención.

–Era muy anciana, pero su sonrisa le hacía parecer joven. Estaba pescando y sus ojos eran azules, igual que los suyos –señaló al rostro del anciano–. Llevaba un sombrero para protegerse del sol, pero una vez se lo quitó y su cabello era muy abundante, recogido en la nuca con un moño.

Los ojos azules del anciano se llenaron de agua.

–Hija –las palabras surgían entrecortadas por la emoción–, has hecho una descripción exacta de mi querida Rebeca. A ella le encantaba pescar. Pasábamos tardes enteras lanzando la caña y observando la inmensidad del mar. Era muy sensible al sol, por lo que siempre llevaba su sombrero –él había cogido el suyo, de ala ancha, y lo hizo girar nerviosamente entre sus dedos.

–Pero, ¿cómo es posible? –Virginia no daba crédito a lo que estaba viviendo–. Usted dijo que su esposa había fallecido...

–Beth, ¿puedes mostrarme de nuevo esa nota que encontraste en tu bolso? –la mano tendida del anciano temblaba, y lo siguió haciendo mientras desdoblaba la hoja. También tembló su voz con la siguiente afirmación–. No cabe duda... es la letra de Rebeca. Siempre fue muy parecida a la mía, pero escribía inclinando las letras un poco más que yo –no apartó sus ojos del papel al ratificar lo siguiente–. Rebeca fue quien os convocó aquí.

– ¡Claro! –afirmó Beth–. Ella sí tuvo acceso a mi bolso. Estuvimos juntas bastante tiempo.

Virginia movía la cabeza, llevando su barbilla de hombro a hombro.

–Sigo sin entender, y la verdad es que estas cosas no me gustan nada –se puso en pie y recorrió nerviosa el poco espacio libre del salón–. Discúlpeme, Cosme, pero su esposa falleció. Una persona que ha muerto no puede dedicarse a escribir notas y depositarlas en el bolso de muchachas...

–Otro de los secretos que me ha enseñado ese viejo faro –Cosme pareció ignorar los comentarios de Virginia y señaló de nuevo a través de la ventana– es que las verdaderas luces son gobernadas desde arriba –miró, uno por uno, a todos los que llenaban su salón y se detuvo por último en Virginia–. Se apagan y se encienden desde arriba. ¿Y qué si el dueño de la luz decide que por un momento una estrella apagada vuelva a brillar? –Apoyó el rostro sobre una de sus manos y mantuvo la mirada en el cristal tras el que se apretaban las sombras de la noche–. Rebeca sentía un cariño muy especial por los jóvenes. "Son el presente y el futuro, solía decir, tenemos que ayudarles y potenciarles".

–Hoy lo hizo conmigo –Beth habló con total seguridad–. Rebeca me ayudó mucho.

El anciano asintió con la cabeza mientras decía:

–No me extrañaría nada que hubiera sido comisionada para una misión póstuma.

Se creó un silencio reflexivo, que tras un rato fue roto por Cosme:

–Pero, tomad el café, se va a enfriar.

–Yo ya me serví uno –dijo Virginia suspirando–, pero me vendrá bien otro. Bastante cargado, por favor.

Un ruido en la ventana que estaba a sus espaldas y junto a la puerta de entrada, les alertó.

– ¿Qué ha sido eso? –preguntó Hugo.

–No os asustéis –tranquilizó Cosme–. En esta casa solitaria los ruidos son frecuentes. Ramas de árboles, pequeños pájaros nocturnos...

Pero un nuevo golpe en el cristal, ahora más fuerte, puso a todos en guardia.

Javián era el más próximo, por lo que se llevó el mayor sobresalto. Acompañado por Hugo y Alex se acercó a la ventana.

– ¡El cristal está manchado! –exclamó Alex–. Y yo aseguraría que es...

– ¡Sangre! –Hugo lo gritó sin ninguna duda–. ¡El cristal está manchado de sangre!

Cosme y Virginia se aproximaron y estaban observando la superficie manchada cuando un fuerte ruido se dejó sentir en la puerta.

–Dejadme a mí –Cosme les hizo un ademán con la mano, indicándoles que se retiraran hacia el fondo del salón mientras él se dirigía a la puerta.

Observaron, conteniendo la respiración, mientras la abría.

Ante ellos, como si se tratara de una aparición de ultratumba, con la ropa sucia y rota por varios sitios; con el rostro manchado de sangre y barro y cubierto anárquicamente por mechones de cabello, estaba Elena...

Virginia, instintivamente, se puso delante de los chicos protegiéndoles con su cuerpo. No les había contado nada de lo sucedido, pero sabía bien que aquella mujer era peligrosa.

–Hola, Elena –Cosme habló con una dulzura inusitada–. ¿Puedo ayudarte?

Todos experimentaron un vuelco en el corazón cuando Elena se dejó caer al suelo y quedó arrodillada. Desde el suelo alzó sus ojos hacia Cosme, luego escondió el rostro entre las manos y lloró.

El anciano se arrodilló junto a ella y con toda delicadeza cubrió con uno de sus brazos los hombros de la mujer.

–Todo pasará –con la otra mano acariciaba suavemente su alborotado cabello, retirando los mechones que estaban pegados a su cara–. Verás cómo todo se va a arreglar.

74

Lo primero que hizo Cosme fue curar las heridas en las manos de Elena. No eran cortes profundos, pero los limpió a conciencia y luego los vendó.

El abrazo en el que Virginia y Elena se fundieron enseguida, dejaba ver a las claras que la pesadilla había terminado.

–Perdóname, perdóname –repetía una y otra vez Elena sin dejar de abrazarla.

–Todo irá bien –aseguraba Virginia muy cerca de su oído, mientras correspondía a su abrazo.

Las dos mujeres se apartaron junto a la chimenea y conversaban. Elena se había envuelto con una manta, pero aún tiritaba por el frío.

– ¡Qué barbaridad, si es la hora de desayunar! –Cosme había mirado su reloj y quedó sorprendido al ver que faltaban pocos minutos para las ocho–. Dejadme que tueste unos pedazos de pan y desayunemos juntos.

Pronto la pequeña habitación se inundó del aroma delicioso del café, mezclado con el del pan tostado. Cosme puso un gran frasco de aceite de oliva en el centro de la mesa.

–Echad un buen chorro sobre la tostada –invitó.

Elena permanecía inmóvil, muy cohibida y sin atreverse a levantar la cabeza.

–Toma esto –Virginia le tendió una humeante taza de café–. Te vendrá bien.

Envolvió la taza con ambas manos, intentando que entraran en calor. Luego la miró con una tímida sonrisa y le dijo:

–Gracias... muchas gracias.

Todos degustaron un suculento desayuno. Los chicos, al principio, miraban con curiosidad a Elena, intuyendo que se habían perdido algún importante capítulo de aquella historia, pero ninguno se atrevió a preguntar.

Cuando se marcharon, Cosme bajó con ellos hasta la mitad de la colina y les despidió abrazándoles uno por uno, mientras les decía:

–Muchachos, hoy es un excelente día para comenzar un nuevo proyecto de vida. Mirad alto, soñad alto y anhelad lo mejor, porque en la vida solo alcanzamos lo que anhelamos con todo el corazón... –se paró frente a ellos y concluyó con una seguridad inspiradora– Valoraos, muchachos, valoraos. Si pensáis en pequeño, os vendrá lo pequeño, pero si pensáis en grande, alcanzaréis grandezas. Solo vosotros establecéis la altura de vuestro techo. Pero no olvidéis nunca que la fuerza y la verdadera luz vienen de arriba, y cuando esa lámpara se enciende –su dedo índice apuntaba al cielo– es tan sublime que eclipsa a cualquier resplandor de aquí abajo.

Después se acercó a Elena, donde prolongó el abrazo. Esta tuvo la sensación de que se trataba de una despedida definitiva y no pudo evitar que una enorme tristeza la embargara.

Regresaron muy despacio y en silencio. El sol ya estaba alto. Había tanto que asimilar. La reconciliación de Elena, la mirada de aquel anciano, esos ojos que eran ventanas abiertas a un alma realmente pura y, sobre todo, las palabras.

–Pero... –Alex se detuvo de golpe–. ¿Cuál habrá sido la razón de hacernos venir?

– ¿Te parece poco todo lo que hemos vivido? –apuntó Naty.

–No –Alex no estaba tranquilo–. Sé que había otra razón.

Ante la sorpresa de todos, Alex se giró y echó a correr hacia la pequeña casa. Escaló en tiempo récord la escarpada pendiente y para cuando los demás llegaron, él llevaba allí mucho tiempo. Estaba sentado en una silla, con los codos apoyados en la mesa y la cara tapada por ambas manos. No había nadie más en la habitación.

– ¿Dónde está Cosme? –preguntó Beth con cierto temor.

–No hay nadie –aseguró Alex–. No hay nadie más en la casa.

–Pero, ¿dónde se ha ido?, ¿por dónde ha salido? –Ana gesticulaba con las manos–. El único camino para salir de aquí es el que nosotros hemos seguido y no nos hemos cruzado con nadie–. Estaba asustada por lo incomprensible de la situación.

– ¿Es posible que hayamos vivido una alucinación colectiva? –Naty ya aceptaba cualquier posibilidad, pero las tazas usadas y la cafetera vacía atestiguaban que el desayuno que habían tomado no fue algo imaginario.

Alex se levantó y se aproximó a un rincón de la habitación. Allí, colgado de una percha, había un sombrero de ala ancha.

–Él estuvo aquí –dijo agarrando el sombrero casi con devoción–. No lo hemos soñado.

–Mirad –exclamó Virginia retirando la cafetera de la mesa y señalando un papel que había debajo–. Parece que Cosme nos dejó un último mensaje.

Todos tomaron asiento y escucharon a Virginia leer la despedida del anciano.

"Perdonad que este pobre viejo os recuerde que nunca es tarde. No importa lo que se haya vivido, ni importan los errores cometidos. No importan las oportunidades que se hayan dejado pasar, ni tampoco la edad. Siempre estamos a tiempo de descubrir que tenemos talentos únicos y valores extraordinarios. Siempre estamos a tiempo de comenzar a amarnos y de amar a nuestros semejantes. Siempre estamos a tiempo de sacudir nuestras alas para librarnos del cieno de la mediocridad y volar alto.

Virginia guardó un momento de silencio, arrugó la frente en un gesto de extrañeza y miró a los chicos.

–El mensaje sigue –les dijo–, pero a partir de aquí las letras aparecen más inclinadas y las frases están escritas en plural, como si el mensaje proviniera de más de una persona:

"Y ahora viene la verdadera razón de haberos convocado: esa razón es Dick. Permitid, por favor, que os pidamos algo. Será lo primero y también lo último que os solicitemos: ayudad a Dick. Acercaos a él e inyectadle el amor en las venas. Es el único antídoto capaz de neutralizar el veneno que le ha infectado. Es la única posibilidad de recuperarle. Dadle amor hasta que a fuerza de sentirse amado, comience a amarse él mismo.

Todas las miradas confluyeron en Elena. Tenía la cabeza agachada y sollozaba. Ana y Naty se aproximaron a ella y la cubrieron con sus brazos mientras Virginia concluía la lectura.

> *"Y para vosotros un último consejo: amaos y valoraos lo suficiente como para abandonar la ruta segura si no os produce felicidad. No temáis la senda estrecha. Lanzaos a la búsqueda de nuevos cielos de oportunidad y Dios os acompañará y os dirá qué camino tomar".*

Virginia extendió la hoja frente a todos ellos, y con su dedo índice apuntó a las firmas.

– ¡En las firmas pone: Rebeca y Cosme! ¡La han firmado los dos! –Ana gritó el detalle que había dejado a todos con la boca abierta.

–Nada me resulta ya extraño –Elena lloraba emocionada. Definitivamente había recuperado la cordura y su mirada denotaba reverencia–. Vivieron para cumplir juntos una misión, y aún siguen desarrollándola unidos.

75

El monovolumen que conducía Virginia se detuvo delante de la prisión. En el asiento de al lado iba Elena.

No habían llegado a casa. Ninguno de ellos quiso ir a ningún otro lugar sin antes pasar por allí.

Las gestiones fueron complicadas, pero tocando todas las instancias y aprovechando numerosos contactos, lograron ser autorizados para esa visita.

–Os espero aquí –les dijo Virginia–. Mucha suerte.

El grupo accedió a las dependencias y aguardaron en la cabina indicada, justo delante del cristal, aunque Elena se quedó atrás, a una prudente distancia desde la que podría ver a Dick sin ser vista por él.

Dos minutos después una puerta se abrió al fondo de la habitación, al otro lado de la superficie transparente y entró él, custodiado por dos agentes. Así iba la última vez que le vieron en el hospital, y así se acercaba Dick ahora.

Se sentó frente a ellos, pero sin mirarles. No cogió el auricular telefónico, muestra clara de que no tenía nada que decirles.

Ellos sí lo cogieron y le invitaron a que lo hiciera.

Elena observó la escena sobrecogida. Con su mano derecha cubría su boca y se mordía los dedos nerviosamente, intentando controlar el temblor de sus mandíbulas.

–Escúchanos, Dick –le instó Alex haciéndole señas hacia el micro teléfono–. Coge el auricular, por favor.

Con clamorosa desgana Dick se pegó el teléfono a la oreja.

–Dick –Ana tomó la delantera olvidando la herida de bala que aún era evidente en su cabeza–. Me gustaría que fueras nuestro amigo. Eres un tipo con una inteligencia increíble y estoy segura de que el mundo necesita personas como tú.

–Cuenta conmigo, Dick –Hugo había tomado el micro teléfono que le pasó Ana y lo dijo de corazón–. Saldrás de aquí y estaremos esperándote.

Hablaron por turnos y le dijeron cosas distintas, pero todas ellas con un mismo hilo conductor: el perdón, la aceptación y el aprecio.

–Nos vamos, Dick –fue Alex quien hizo de portavoz en las últimas palabras–. Solo queríamos que supieras que aquí tienes unos amigos. Lo seremos siempre y te estaremos esperando.

Dick se mantuvo en silencio, pero levantó la cabeza. Lo hizo lentamente y luego les enfocó uno por uno. Sus ojos seguían muy apagados, pero aquella mirada acerada ya no era tan dura. El odio que teñía sus ojos había comenzado a disiparse. Las palabras de afirmación y perdón que le transmitieron actuaron como fuego capaz de derretir el acero de los ojos de Dick.

Levantó su mano, acercándola al cristal y pegó la palma abierta sobre la superficie transparente.

Uno tras otro aproximaron la suya colocándola sobre la de su amigo.

Sí, le sentían su amigo.

Lo hicieron por turno y al poner mano sobre mano le miraban a los ojos, y le sonreían. Todos ellos habrían jurado que la superficie blindada que les separaba había desaparecido, porque se sintieron unidos.

El último fue Alex y prolongó el contacto por largo rato, hasta que los funcionarios se aproximaron y tiraron de Dick.

Ya se había puesto en pie para retirarse, cuando se quedó petrificado. Los guardias tiraron de él, pero no lograron moverle ni un milímetro. La mirada de Dick estaba fija en el cristal tras el que ahora estaba su madre.

Conscientes de lo que estaba ocurriendo los guardias soltaron los brazos de Dick y este se aproximó de nuevo a la superficie transparente. Se inclinó y apoyó ambas manos sobre el cristal.

Elena ignoró los grilletes metálicos que las unían y puso sus dos palmas abiertas sobre las de su hijo.

—Niño mío —ahora no intentó disimular el temblor de sus labios—. Todo irá bien... todo se arreglará... antes de que quieras darte cuenta, todo habrá pasado y volveremos a estar juntos.

Dick asentía con la cabeza. Miró a su madre y le lanzó un beso. Enfocó luego con la mirada al grupo de chicos y chicas que estaban tras ella.

–Sí –dijo hablando con fuerza en el auricular–. Claro que sí, mamá, volveremos a estar juntos.

Se llevaban a Dick esposado, pero sus pasos parecían ahora suaves y pausados. La pierna derecha era ya lo único que arrastraba, porque su corazón iba más alto.

Antes de desaparecer tras la puerta, se giró hacia ellos y les sonrió.

Fue un gesto dulce. Nada que ver con la sonrisa que hasta ahora conocían, aquella mueca temible que deformaba su rostro.

Su semblante era plácido, confiado y totalmente confiable.

Se detuvo un instante y los oficiales también. La mirada de Dick les hizo un ruego y ellos lo aceptaron con un leve asentimiento de cabeza. Entonces volvió sobre sus pasos y agarró de nuevo el auricular.

–No os lo vais a creer –miraba a los chicos que se aproximaron todos al micro teléfono. Ana y Beth arropaban a Elena con sus brazos–. Justamente aquí, con las manos esposadas –las alzó lo más que pudo. Hasta parecían elegantes y acogedoras–. Precisamente aquí –repitió-. He comenzado a sentirme libre, en el enorme sentido de la palabra.

Poco después la puerta que lo taparía por un tiempo de su vista se estaba cerrando, y ellos no alcanzaron a escuchar las últimas palabras que Dick dirigía a los funcionarios:

–Nunca olvidéis lo que os voy a decir –se atrevió a enfatizarlo con ligeros movimientos de sus manos esposadas–. Amad siempre a vuestro prójimo como a vosotros mismos.

Cinco años después

Después de la cena la mayoría decidió salir al jardín. La noche era preciosa y el cielo exhibía una belleza incomparable. Estaban disfrutando de un fin de semana delicioso en aquella casa junto al mar. La misma a la que fueron nada más recuperarse del famoso incidente.

Dick, sin embargo, se recostó en el sillón, frente a la chimenea que presidía el salón.

Estaba muy pensativo.

Pronto Alex se sentó a su lado.

–Este Hugo es increíble –le dijo mirando a los leños que ardían en la chimenea–. Está empeñado en mantener el fuego encendido, aunque sea pleno verano.

–Sí –admitió Dick–. Siempre quiso tener una casa con chimenea y ahora no quiere desaprovechar la ocasión de tenerla encendida, aunque nos muramos de calor.

–Lo cierto es que hay algo especial en el fuego de una chimenea. Crea un ambiente tan acogedor... Por cierto, tío, tengo que decirte que me alegro mucho de que estés aquí con nosotros.

–Sí, yo también.

–Qué guay, tío, que te hayan dejado salir tan pronto.

–Gran parte del mérito es vuestro –reconoció–. De haberlo querido podríais haberme complicado mucho más la vida con vuestras declaraciones. Lo cierto es que os debo mucho.

–No nos debes nada, tío. Eres nuestro amigo –Alex le palmeó el hombro–. ¡Qué cursis nos estamos poniendo! ¡Venga, vamos al jardín con los demás!

Dick guardó silencio y Alex terminó de convencerse de que algo le ocurría.

– ¿Te pasa algo, Dick? Te he notado nervioso todo el día, ahora estás colorado y no creo que sea a causa del calor de la chimenea.

–No –replicó incómodo–, estoy bien, no me pasa nada.

Aquella respuesta no convenció a Alex, quien decidió lanzarse a por todas.

–Dick, yo también estuve enamorado –lo dijo riéndose–, bueno… entiéndeme, todavía lo estoy. Pero quiero decirte que sé lo que uno siente al estar loquito por una chica. Puedo distinguir a tres kilómetros a alguien que está colado, y en tu caso no me cabe ninguna duda.

Dick se volvió hacia Alex totalmente sorprendido. Comenzó a carraspear a causa del nerviosismo. Miró al suelo, luego se miró las uñas, se rascó la cabeza y por fin admitió:

–Pues sí –confesó–. No puedo negarlo; tío, me has pillado. Estoy asquerosamente enamorado, así que ya puedes compadecerme.

– ¿Compadecerte? –replicó Alex–. Querrás decir felicitarte. Tío, enamorarse es lo más bonito que nos puede pasar.

– ¿Bonito? –rió con su típico sarcasmo–. ¿Que enamorarse es bonito? Eso será para ti que vas a casarte con Ana, pero no para mí. Mírame –Dick se agarró con ambas manos un pedazo de su prominente barriga–. ¿Quién puede corresponderme?

–Dick –aquello había enfadado a Alex–. Tu forma de hablar no solo es un insulto para ti. Además estás insultando a todas las mujeres. Das por supuesto que lo único que valoran en un hombre es su físico. Debes saber que hay muchas tías con la suficiente cabeza como para darse cuenta de que la verdadera belleza y los valores auténticos no están en la imagen externa.

Dick aceptó la reprimenda de Alex.

– ¿De verdad crees que tengo alguna posibilidad?

–Lo creo –aseguró Alex, y a continuación lanzó un directo al brazo de Dick–. Pero tío, dime, ¿quién es ella?

–Beth –reconoció, mirando al suelo, colorado como un tomate.

– ¡Beth! –exclamó Alex sorprendido–. Va a ser cierto eso de que los extremos opuestos se atraen.

–Chissst –puso su mano sobre la boca de Alex–. Deja ya de gritar, ¿quieres que todos se enteren?

–Perdona tío, es que me ha pillado por sorpresa. No me imaginé que pudiera ser ella.

– ¿Qué puedo hacer? –suplicó–. Creo que ella pasa. Realmente no la merezco. Es demasiado para mí.

– ¿Y por qué no dejas que sea Beth quien lo decida? –rió Alex–. Estás afirmando que es demasiado para ti, que pasa de ti... pero creo que es ella quien debe tomar esas decisiones.

– ¿Qué quieres decir?

–Quiero decir que, si estás enamorado, o crees estarlo –matizó–; lo más normal es que expreses tus sentimientos a la chica que los provoca. Y que lo hagas con toda naturalidad. Puedes llevarte la sorpresa de que te corresponda.

– ¿Y si no lo hace? –su voz tembló–. Creo que me moriría de la vergüenza. No lo soportaría.

–Si ella no te corresponde lo superarás, y en su momento llegará la chica que te haga olvidar a Beth y a todas las demás. Es más dura la incertidumbre que el rechazo. Sé un hombre y enfrenta tus sentimientos... Piénsalo –dijo, mientras se levantaba–. Bueno, yo voy a acostarme. Ha sido un día muy largo, y desde luego, llenito de emociones. No ha faltado de nada. La noticia que acabas de darme era lo único que faltaba –rió, palmeando la espalda de Dick antes de alejarse.

Pronto todos estaban en sus habitaciones.

¿Todos?

No.

Afuera, en el jardín, había dos personas que, sentadas sobre el banco de piedra, se miraban a los ojos mientras se hablaban. La silueta de ambos se proyectaba sobre una luna redonda y muy blanca.

Uno de ellos era extraordinariamente grueso y la otra demasiado delgada.

Él agachó la cabeza y carraspeó... le dijo algo... ella liberó una dulce y tímida risa. A continuación, con su mano le obligó a levantar la cabeza para hablarle a los ojos. Ambos mantuvieron la mirada y sonrieron. Luego entrelazaron sus dedos sin dejar de mirarse.

Tan embelesados estaban que no repararon en la parejita de ancianos que, pasando muy cerca, alzaron ambos su sombrero de ala ancha en un saludo y se alejaron sonriendo, mientras él recitaba una bonita letanía:

Ama a tu prójimo como a ti mismo, y cuando llegues
a amarte, atraerás el amor de otros y lo devolverás
multiplicado.

Y ella entonaba, a media voz, y muy desafinada,
una curiosa canción:

"Ahora que sabes lo mucho que vales, dejarás de negarte
para empezar a aceptarte.
Por fin apreciarás tus muchos valores y alcanzarás
un cielo repleto de ocasiones....".